Éditions Druide
1435, rue Saint-Alexandre, bureau 1040
Montréal (Québec) H3A 2G4

www.editionsdruide.com

ÉCARTS

Collection dirigée par
Normand de Bellefeuille

DE LA MÊME AUTEURE

Les sorts, nouvelles, Hull, Vent d'ouest, 1999.

La maison d'éclats, collectif, récit, Triptyque, 1989.

Littérature jeunesse

Guerres, roman jeunesse, La courte échelle, 2011.

Ophélie, roman jeunesse, La courte échelle, 2008.

La disparition, roman jeunesse, La courte échelle, 2007.

Le pont de glace, album, Les 400 coups, 2007.

La petite écuyère, album, La courte échelle, 2006.

Entre chien et loup, album, La courte échelle, 2005.

La boîte à bonheur, roman jeunesse, La courte échelle, 2003.

La fille de la forêt, roman jeunesse, La courte échelle, 2002.

Un été de Jade, roman jeunesse, La courte échelle, 1999.

La liberté? Connais pas..., roman jeunesse, La courte échelle, 1998.

Les nouveaux bonheurs, roman jeunesse, Québec Amérique, 1996.

La fabrique de citrouilles, roman jeunesse, Québec Amérique, 1995.

l'Île au géant, roman jeunesse, Québec Amérique, 1995.

Les chats d'Aurélie, roman jeunesse, Québec Amérique, 1994.

NO MAN'S LAND

Catalogage avant publication de Bibliothèque et Archives nationales du Québec et Bibliothèque et Archives Canada

Gingras, Charlotte, 1943-
No man's land : roman
Texte en français seulement.

ISBN 978-2-89711-150-2
I. Titre.
PS8563.I598N6 2014   C843'.54   C2014-941290-8
PS9563.I598N6 2014

Direction littéraire : Normand de Bellefeuille
Édition : Luc Roberge et Normand de Bellefeuille
Révision linguistique : Diane Martin et Geneviève Tardif
Assistance à la révision linguistique : Antidote 8
Grille graphique : Anne Tremblay
Mise en pages et versions numériques : Studio C1C4
Photographie en couverture : Robert Desrosiers
Photographie de l'auteure : Robert Desrosiers
Diffusion : Druide informatique
Relations de presse : Mireille Bertrand

Charlotte Gingras remercie le Conseil des arts du Canada pour son appui à la rédaction de ce roman.

Les Éditions Druide remercient le Conseil des arts du Canada et la SODEC de leur soutien.

Gouvernement du Québec — Programme de crédit d'impôt pour l'édition de livres — Gestion SODEC.

ISBN papier : 978-2-89711-150-2
ISBN EPUB : 978-2-89711-151-9
ISBN PDF : 978-2-89711-152-6

Éditions Druide inc.
1435, rue Saint-Alexandre, bureau 1040
Montréal (Québec) H3A 2G4
Téléphone : 514-484-4998

Dépôt légal : 3e trimestre 2014
Bibliothèque nationale du Québec
Bibliothèque nationale du Canada

Imprimé au Canada

Charlotte Gingras

NO MAN'S LAND

roman

Druide

LA QUÊTEUSE

Tu aurais aimé leur dire, à tous ceux de l'école et de la rue, que ton nom était un mensonge, ça oui.

Tu aurais aimé leur dire, à ceux de ta famille, que tu étais quelqu'un, que tu existais, que tu étais tellement plus belle qu'en personne, que tes seins étaient à peine nés mais très doux.

Aux jumeaux, tu aurais voulu dire que tu détestais leur vitalité insolente, à la mère, qu'elle n'en était pas une, à Fleur, que tu la chérissais et qu'en même temps, dans le même élan, tu jalousais sa légèreté.

Tu aurais voulu leur dire à tous, tous les êtres humains de cette planète, tu aurais voulu leur crier que ton cœur battait, battait, que tu voulais connaître le désir, l'amour, que tu n'en pouvais plus de solitude.

Mais tu ne savais pas dire ces choses-là parce que les mots étaient enfouis au plus profond de toi depuis le début, et même ton cœur qui cognait à mains nues dans sa cage thoracique ne savait pas comment atteindre les autres sans les blesser.

Tu avais quatorze ans, tu faisais preuve de débrouil-
lardise et te taisais la plupart du temps.

On ne se connaissait pas encore, nous deux.

C'est à ton tour, Éden, dit la mère en te donnant de l'argent, un restant de savon à lessive et deux sacs-poubelle bien remplis. Tu ne protestes pas, même si c'est le tour d'Ève, la plus vieille des filles. Tu serres les dents.

Dehors, c'est la première canicule de l'été, le trottoir brûle les semelles et l'air qu'on avale a un goût de poubelles pleines. Tu crains que tes sacs ne se déchirent avant d'arriver à la buanderie, trois coins de rue plus loin. Tu n'aimerais pas que les passants voient les vieux draps dépareillés, les petites culottes, les vêtements déteints.

Au lavoir, tu choisis la grosse laveuse du fond, celle qu'on utilise normalement pour les tapis, les parkas et les doudous. Tu vides les deux sacs dedans et glisses les pièces de monnaie dans les fentes. La mère ne t'a pas donné assez d'argent, comme d'habitude. Tu gardes les mâchoires bien en place, te diriges vers la porte et sors. Tu te plantes sur le trottoir et tends la main. La femme de la buanderie te voit par la fenêtre, cogne dans la vitre. Tu l'ignores. Elle sort à son tour et pointe son index vers toi.

— Aïe! Je t'ai déjà dit de pas quêter devant mon commerce!

— J'ai pas assez d'argent pour la laveuse.

— Tabarnak! Rentre! J'vas t'en donner!

Vous retournez toutes les deux à l'intérieur, la femme-dragon te tend un huard.

— C'est la dernière fois! C'est-tu clair?

Tu marches vers la grosse laveuse, ajoutes la pièce manquante, le savon, et appuies sur le bouton *start*. Tu t'assois juste en face, sur une chaise de plastique qui a déjà été blanche. Tu fixes le hublot où s'agitent pêle-mêle les vêtements de la marmaille. Une tempête monte, l'eau gicle, des vagues à l'écume grise se fracassent contre le hublot. Tu attends que ça passe, le *prewash*, le *wash*, le *rinse one*, le *spin*, le *rinse two*, le *final spin*, l'été, et tout le reste.

Ta grande sœur court après les garçons. Fleur, la plus petite de la marmaille, aime tous les animaux. Et toi, Éden, tu as ton arbre qui habite au milieu du parc. Quand tu lui rends visite, entre chien et loup, et que tu es certaine que personne ne te voit, tu l'enlaces, tu presses tes lèvres contre son tronc rugueux, tu goûtes son écorce striée de rides aussi profondes que des ruisseaux. Tu sens sa force centrifuge au centre des anneaux de croissance, et son désir à lui de te protéger jusqu'à la nuit des temps. Il te chuchote des secrets incompréhensibles par le bruissement de ses feuilles.

Ton peuplier deltoïde. Ton arbre. Ton Grand-Père arbre.

Quand Ève entre en coup de vent dans la maison, on sent le souffle de l'orage, on entend la foudre exploser. Quand Ève arpente la rue de sa démarche chaloupée, avec sa crinière de lionne, les hommes plus vieux font des crises cardiaques. Elle crée le désordre partout où elle va.

Elle parle haut et fort, hurle dans son cellulaire, envahit l'espace de la cuisine, piaille, tournoie comme une toupie. Les autres de la maisonnée baissent la tête, attendent que l'orage passe.

Elle aime son corps, sa taille fine et sa peau soyeuse et brune. Elle a dix-sept ans, en paraît vingt, elle collectionne les gars comme d'autres les papillons monarques.

Elle a lâché l'école et travaille au noir dans un bar. Elle dort le jour, travaille la nuit. Quand la mère lui réclame une partie du loyer, elle regimbe.

Tu ne comprends pas pourquoi la plus vieille des filles ne s'en va pas habiter ailleurs.

C'est dimanche. Fleur a déposé les miettes du déjeuner sur le balcon d'en arrière. La bande de moineaux est déjà là, à picorer les restes du pain tranché, ils sautent d'une miette à l'autre, affairés, et Fleur les observe par la fenêtre de la cuisine. On dirait de petites boules de plumes chaudes. Ils se chicanent un peu et se crient après, mais il y a assez de miettes pour tout le monde.

Le dimanche, d'habitude, la mère va voir son fils aîné là où il réside, en centre jeunesse fermé. Mais ce matin elle reste assise à la table avec ses yeux cernés, sa peau grise des mauvais jours.

— Je suis trop fatiguée, dit-elle. Vas-y, Éden.

— Pourquoi pas Ève? C'est sa jumelle.

— Commence pas.

— Elle veut jamais y aller.

— Toi non plus, répond la mère de sa voix qui n'en peut plus. Vas-y pour une fois et emmène Fleur avec toi.

— Non.

— Je peux y aller toute seule, murmure Fleur qui écoute depuis la fenêtre.

— Es-tu folle, dis-tu. C'est à l'autre bout de la ville. À part ça, ils te laisseront pas entrer là-bas. T'es trop jeune.

— Il est malheureux, Adam.

— Tant pis pour lui. Il a piqué quelqu'un avec un couteau. Il l'a presque tué.

— C'est ton frère, gronde la mère, de plus en plus grise et cernée. C'est Mon Fils!

Alors, tu ne protestes plus. Tu attrapes la main de Fleur et vous marchez jusqu'à la station de métro, prenez la ligne orange vers le nord, et le bus vers l'est, celui qui longe la rivière. Vous vous assoyez côté rivière parce que Fleur veut surveiller au cas où le grand héron bleu viendrait, même si elle ne l'a jamais vu en vrai, seulement dans les livres d'images. On ne sait jamais, peut-être qu'il va surgir de nulle part, se poser délicatement sur la berge, allonger le cou et refermer ses ailes avec des franges. Elle tient fort sur ses genoux un sac de cadeaux pour son grand frère.

Tu ne regardes pas la rivière. Tu te recroquevilles sur ton siège en laissant tes pensées errer dans tous les sens. Tu n'aimes pas Adam, le seul de ses enfants que la mère aime d'amour, son chouchou à vie. Tu n'aimes personne dans cette famille sauf Fleur, un peu, parce qu'elle n'est pas encore méchante ou menteuse. Tu te demandes combien de temps la petite va continuer comme ça, intacte.

Moi, penses-tu, à son âge je ressemblais à moi maintenant, maigre et renfrognée avec des crampes aux mâchoires. La mère me disait de déplier ma face, prenait mes joues à pleines poignées et les tirait de chaque côté pour m'enseigner de quelle manière on s'y prend pour sourire. Finalement, elle a arrêté. Comme elle a arrêté d'essuyer le rouge incendie sur les babines de sa fille la plus vieille. Comme elle a renoncé à confisquer les couteaux à cran d'arrêt qu'Adam volait à gauche à droite. Un jour elle s'est acheté en solde un chariot à provisions et s'est donné pour unique mission de nous trouver à manger, point final.

Une fois là-bas, vous attendez longtemps au milieu des cliquetis, des glissements de métal, des

ordres brefs. D'abord, ils ne veulent pas vous laisser
entrer. Un adulte doit vous accompagner. Puis ils
changent d'idée. Quand Adam apparaît dans la salle
aux murs beiges et aux fenêtres grillagées, plus beau
que jamais, la pièce irradie.

Fleur lui saute au cou et vous prenez place tous les
trois autour de la table. La petite sœur ouvre le sac
avec ses trésors, des barres de chocolat, une tarte au
sucre que la mère a cuisinée juste pour lui, des t-shirts
presque neufs.

Avec qui elle a couché, la mère, pour avoir fabri-
qué Adam et Ève, aussi éblouissants que deux grands
félins d'Afrique? Moi, penses-tu, je suis de loin la plus
moche de la marmaille, le menton pointu, la tignasse
en bataille. Père totalement inconnu. Pour Fleur, elle
a dû coucher avec un archange.

Adam raconte plein d'affaires, qu'il a hâte à ses dix-
huit ans et à sa libération, qu'il étudie pour finir son
cinquième secondaire, qu'il parle au téléphone chaque
soir avec une fille amoureuse folle de lui. Il prend
Fleur sur ses genoux, respire ses boucles soyeuses, lui
murmure qu'elle est super *cute*. La petite se trémousse
de bonheur.

Toi, tu n'en peux plus de son bavardage. Tu te lèves,
une soldate au garde-à-vous. Ça va faire, les câlins.

— C'est l'heure, on s'en va.

— Pas tout de suite, la visite est pas finie, supplie
Fleur.

— Trouve-toi quelqu'un pour te baiser, lance Adam.
Ça presse.

Tu traverses le parc en direction du Grand-Père lorsqu'un gars te dépasse. L'inconnu marche à grandes enjambées, te jette un coup d'œil furtif, une nanoseconde, un regard comme un dard. Tu le trouves baveux, celui-là, de t'avoir fixée de cette manière. Peut-être que tu as rougi. Tout ça en un instant. Il est déjà loin devant.

Tu l'oublies tout de suite, bifurques vers ton vieil ami. Debout devant l'énorme tronc, tu caresses du plat de la main l'écorce du Grand-Père, lui parles en silence de ta haine pour Adam, de ta laideur, de la mère qui s'occupe des besoins essentiels seulement, qui a abandonné tout le reste, de la tendresse absente.

Ce matin, trois jours avant que le chèque des pauvres arrive, le frigo et les tablettes du garde-manger sont vides. La mère se lève de bonne heure, sort et va tout droit jusqu'à l'église catholique. Elle attend avec les autres dans la file. Ils ont tous des chariots à provisions. Ils sont silencieux. Ils sont patients.

Quand elle revient à la maison, elle dit que ça doit durer trois jours. La marmaille n'écoute pas la mère. Toutes les trois, vous vous jetez sur les provisions, éventrez les sacs. Des ogresses.

La mère ne pense qu'à ça, remplir le frigo pour vos bouches à nourrir. Elle surveille les rabais dans les circulaires, arpente le quartier avec son chariot, en quête d'aubaines ou de denrées gratuites à la banque alimentaire. La semaine dernière, elle est revenue avec dix boîtes de Cheerios et pas de lait. Elle ne coud pas, ne lave pas, ne tricote pas. Elle n'a pas le temps.

Lorsque tu retournes à la buanderie avec tes sacs verts, la femme-dragon lève la main en signe de refus. Si t'as pas assez d'argent, tu laves pas. Mais tu as une réponse toute prête pour elle.

— Je peux vous aider avec le linge que vous lavez pour les autres. Vous en avez beaucoup. Je travaille deux heures pour vous et je paie rien pour mon lavage.

La femme fronce les sourcils, rumine, regarde au fond du lavoir les poches empilées, pleines de vêtements puants à rendre avant la fin de la journée. Elle va chercher un sac et le vide sur la grande table de travail au milieu de la place.

— OK. J'vas te montrer.

Elle t'explique comment examiner tous les vêtements un à un, séparer les couleurs, vaporiser du détachant si nécessaire et verser de l'assouplisseur dans chaque laveuse. Plus tard, quand les vêtements et la literie sortent tout chauds de la sécheuse, il faut plier les draps-housses en joignant les coins comme de petits chapeaux pointus, plier les chaussettes de façon à ce qu'elles ne se séparent pas et les t-shirts en quatre. Tu écoutes. Pas de problème.

— À la fin, tu glisses la pile dans son sac et tu l'attaches. Fais attention, trompe-toi pas de sac!

Tu te mets au travail sans un mot. Après deux heures, la femme te demande de rester une heure de plus, elle te paie pour cette heure supplémentaire et te propose de t'engager un après-midi par semaine, le vendredi. Ton lavage sera toujours gratuit.

De retour à la maison, tu ne dis rien à la mère pour le travail. Tu gardes l'argent du lavage.

— Arrive-moi pas enceinte! crie la mère pendant qu'Ève, la bouche barbouillée de rouge sang, enfile une veste de coton trop petite par-dessus sa camisole avec des brillants sur le devant. Elle a des seins en forme de pamplemousse et, entre la camisole et le jeans, son nombril pointe comme un œil de cyclope.

— M'as-tu compris, Ève?

Vlam! la porte d'en avant claque.

Toi, qui as tout vu, tu penches la tête et louches vers tes seins. Deux demi-citrons verts sous le t-shirt. Et encore.

Tu décides de profiter du départ de la grande sœur pour aller fouiller dans ses affaires. Dans le garde-robe de la marmaille, tu piques un short qu'Ève ne porte plus parce que ses fesses rebondies prennent trop de place. Dans la commode à trois tiroirs, tu attrapes un rouge à lèvres. Ève a tellement de bâtons qu'elle ne s'en apercevra même pas.

Tous les samedis matin, l'homme qui couche dans le lit de la mère s'achète une caisse de bière au dépanneur et il commence à boire au goulot, assis à la table de la cuisine. Vers midi, la mère te donne deux sandwiches au beurre d'arachide et deux bananes dans un sac de plastique. Quand il fait beau, toi et Fleur allez rôder autour de la piscine du quartier. Comme vous n'avez pas de maillot, vous regardez avec envie les autres patauger. Quand il pleut, vous allez parfois flâner au centre commercial, mais ce que vous préférez, c'est vous rendre à la bibliothèque.

Aujourd'hui, il pleut et après un seul coin de rue vos imperméables sont traversés. Deux chats de ruelle maigres et mouillés courent sur le chemin à travers le parc. Là-bas, passé la lourde porte de bois, la bibliothécaire vous accueille d'un mouvement de tête et d'un sourire. Vous vous dirigez vers le fond de la première salle, accaparez une grande table juste pour vous deux et accrochez vos imperméables dégoulinants sur le dossier des chaises. Fleur part à la recherche de livres et d'albums à propos de ses animaux chéris, toi tu plonges dans la lecture d'un roman d'amour, n'importe lequel. Du moment qu'une fille moche tombe amoureuse d'un gars très beau et très riche qui, pendant d'interminables pages, ne la remarque pas, et que soudain il la voit belle et la supplie de l'épouser, c'est correct. Vous restez comme ça, tout l'après-midi, à l'abri. Quand vous avez faim, vous dévorez vos sandwiches et la dame vous fiche la paix même si c'est défendu.

Certains samedis pluvieux, tu t'imagines une porte dérobée tout au fond de la bibliothèque, derrière les rayonnages. De l'autre côté, une chambre secrète où Fleur et toi habitez à plein temps. Un lit *Queen*, non *King*, un lit *King Size*, des coussins bariolés, une couette remplie de duvet. Une lampe de chevet. Une montagne de livres.

En cette fin d'après-midi, assise sous la ramure de ton arbre géant, tu renifles l'odeur du gazon frais coupé. À cause de la chaleur, tu portes le vieux short effiloché de la grande sœur et la lumière du soleil qui frémit à travers les branches vient caresser tes longues jambes de fille maigre.

Là-bas, un jeune homme s'avance sur le chemin de traverse. Tu l'aperçois et mets ta main en visière pour mieux l'examiner. Il porte des souliers de course, un jeans et un t-shirt comme n'importe quel gars du quartier. Non, pas tout à fait. Il est plus beau, décides-tu, et il a confiance en lui. Sa démarche est nonchalante, et pourtant il semble à l'affût, comme un chat chasseur. Tu reconnais le gars baveux de l'autre jour.

Il vient dans ta direction.

À mesure qu'il s'approche, tu sens une chaleur diffuse monter dans ton ventre.

Ton corps se met à trembler. Le sang bat dans tes veines, ton cœur accélère la cadence. Aïe! Arrête, arrête ça!

Lui, il avance, prend tout son temps, passe devant toi et te jette le même regard perçant que la première fois, un peu plus appuyé, peut-être. Un peu plus long. À peine. Il disparaît de ton champ de vision.

Grand-Père, qu'est-ce qui m'arrive ?

Debout au milieu du pont piétonnier qui enjambe le canal, tu te penches par-dessus la rambarde pour observer les kayakistes. Ils pagaient en douceur dans l'eau tranquille. Tu te demandes si le gars au regard comme un dard fait du kayak parfois. Il pourrait. Il est plus entreprenant que les gars du quartier. Il est différent.

Tu décides de traverser de l'autre côté du canal vers le marché noir de monde. Tu y vas rarement.

Tu te faufiles dans les allées, croises les riches propriétaires de condos qui s'achètent des fromages au lait cru, du pain aux olives et des fraises à trois dollars le petit casseau. Tu circules entre les caissettes de fleurs et les arbustes en pot dont tu ignores le nom, longes les étals aux laitues vert fluo, à tous ces légumes venus d'ailleurs que tu n'as jamais goûtés. Chez la marchande de champignons sauvages, tu déchiffres les étiquettes, chanterelles 20 $ la livre, cèpes 25 $ la livre. Tu t'arrêtes net, étourdie.

Juste avant de reprendre le pont-passerelle, tu t'assois sur un banc près du marchand de crème glacée, te demandes si tu vas t'acheter un cornet, décides que non. Tout à coup, tu aperçois Ève en compagnie d'un gars aux cheveux rasés, qui lui parle avec ses mains tatouées de fleurs aux tiges entrelacées. L'inconnu de l'autre jour n'avait pas de tatouages sur les mains. Il n'a pas besoin de décorations, lui.

Ta grande sœur et le gars qui la trouve de son goût s'arrêtent devant le kiosque et il lui offre une glace aux pépites de chocolat. Ève prend le cornet et lèche le pourtour de la glace avec une langue pointue et rose. Le tatoué est en extase devant sa petite langue habile, agile, qui lèche avec application. Elle vient d'épingler un autre monarque.

Tu rêves la nuit d'un homme-serpent. Dans ton rêve, il se tient au bout du lit et te fixe en balançant la tête de gauche à droite à la manière d'un cobra. Tu ne fais pas un geste, paralysée, incapable de sauter sur tes jambes, de courir d'une traite jusqu'à la bibliothèque refuge, jusqu'à la chambre secrète derrière les rayonnages, non, rien, ton corps traversé d'éclairs, traversé de courants souterrains. Peut-être qu'il va se mettre à fondre comme de la cire d'abeille, à se liquéfier. Tu te réveilles d'un coup, affolée.

Ce samedi matin de soleil cuisant, tu annonces à Fleur que tu as un peu d'argent, que tu l'amènes à l'Armée

du Salut plutôt qu'à la piscine. On va s'acheter du
linge, ajoutes-tu. Fleur exécute une petite danse de
bonheur et déclare qu'elle veut absolument un maillot
de bain rouge.

Vous prenez le sentier qui longe la berge du canal.
Il y a foule, patineurs, lanceurs de *frisbee*, filles en
bikini, cyclistes dangereux, familles qui ont réquisi-
tionné les tables à pique-nique, d'autres qui déplient
des couvertures et les posent sur le gazon pelé. Fleur
s'excite et prétend qu'elle verra le grand héron aujourd'hui, le canal est une bonne place pour pêcher.
Tu rétorques que l'eau est tellement sale et opaque que
seules des algues vertes y poussent, il n'y a plus d'oxy-
gène pour les poissons, et bien trop d'humains sur
la berge pour le héron farouche, mais Fleur n'écoute
rien, bien entendu.

— Il voit tout, dit-elle gravement. Ses yeux traversent l'eau.

Tu n'insistes pas. Tu n'as plus envie de ramener
Fleur à la raison.

Un peu plus loin, un homme s'avance dans votre
direction, un jeune chien fou en laisse. Le chiot trois
couleurs avec un œil bleu et un œil brun flaire la main
de Fleur, qui s'agenouille devant lui, flatte sa tête et ses
oreilles. La petite bête lui lèche la main. Elle demande
à l'homme de quelle race il s'agit.

— Un berger australien, dit-il.

— Comment il s'appelle ?

— Je n'ai pas trouvé de nom encore. Tu as une idée ?

— *Love.*

— *Love* ? Pour un nom de chien ?

— Oui, monsieur.

— Non, je ne crois pas, dit l'homme. Il lui faut un nom plus… plus guerrier.

— Il s'appelle *Love* quand même. C'est son nom.

Tu souris. Aujourd'hui est un bon jour pour rêver.

D'ailleurs, à l'Armée du Salut, en plus du maillot rouge pour la petite sœur et un autre pour toi, tu dé-niches une robe d'été avec de minuscules fleurs bleues sur fond crème, de fines bretelles et quatorze boutons de nacre tout le long du devant. Elle est courte aussi, juste au ras des fesses.

Le jour du lavage, tu amènes Fleur avec toi à la buan-derie. Tu expliques à la femme-dragon que la petite va t'aider à plier les draps. La femme ne proteste pas, elle adresse un bref sourire à Fleur. Vous avez apporté vos nouveaux vêtements et Fleur les dépose dans une laveuse, règle le cadran à l'eau froide et au cycle doux, comme si elle possédait un trésor et qu'elle en prenait grand soin.

Cette robe d'été qui valse quand je marche va-t-elle me rendre sexy ? te demandes-tu pendant que les ma-chines tournent et que ta sœur parle de ses animaux à la femme-dragon. Une robe suffira-t-elle pour trans-former une Cendrillon en déesse ? Pour l'attirer, lui, je n'ai que ma maigreur, mes yeux trop grands et mon visage pointu. Ça ne va pas marcher.

— Non! Fleur! Mets pas ma belle robe dans la sécheuse! Elle est trop fragile, il faut juste la suspendre…

Tu rêves à l'inconnu du parc, tu penses à lui tout le
temps. Tu observes Ève et te demandes comment
on devient un chasseur de papillons. Comment on
s'y prend pour embrasser avec la langue. Et ensuite,
qu'arrive-t-il? On se frotte l'un contre l'autre, ça oui.
Et après? Après tu n'en sais rien.

À la fin du jour, vêtue de ta petite robe à fleurs, un
livre à la main, tu t'amènes au parc et t'assois au pied
du Grand-Père. Tu ouvres le livre que la bibliothécaire t'a prêté en disant que si tu aimais tant les romans d'amour, autant en lire qui soient bien écrits.
    Le roman s'intitule *Emma*, et c'est une histoire où
des jeunes filles d'autrefois marchent avec des om-
brelles et des chaussures fines, bavardent et préparent
des collations et des soirées, s'amourachent d'hommes
beaux parleurs. Aux soirées qu'elles organisent, elles
dansent avec ces hommes, en se demandant est-ce
que c'est lui? Ou lui? Emma est attirée parfois par
cet homme revêche et trop fier, à d'autres moments
elle préfère le beau parleur, comment savoir lequel est
le bon? Y en a-t-il un qui m'est destiné? Comment
le reconnaître? Si le cœur bat fort, c'est un signe?

Mais cette pauvre Emma et ses amies choisissent tout de travers.

Ce roman est stupide, penses-tu. Ennuyant même. Ce n'est pas ton monde, personne ne travaille au noir dans une buanderie, personne ne s'achète des vêtements usagés à l'Armée du Salut. Cette histoire ne t'aide pas à comprendre ni le feu ni la vibration dans ton ventre.

Perdue dans tes pensées, tu lèves la tête juste au moment où là-bas tu l'aperçois qui marche vers toi. Aussitôt, ton cœur s'affole et se débat. Tu sens que tu rougis, aussi violemment que la flamme d'un bazooka, qu'une explosion de napalm.

Il s'approche, tu n'as pas la force de te lever, de te sauver, tu n'es que feu et courant électrique, tu as mal dans le bas-ventre, une folle, une folle à enfermer dans un placard, ton bassin ondule tout seul, il s'embrase.

Lui, il te voit et te sourit avec des dents de carnassier toutes blanches, ne s'approche pas, il marche avec lui-même. Toi, Éden, tu vas certainement t'évanouir. Tu échappes le livre.

Il continue son chemin, la lumière du jour faiblit avec lui, mais il a imprimé en toi des yeux noirs mouillés, deux fentes liquides, des épaules larges et des hanches étroites, des jambes interminables. Et des mains nues, si belles.

Au bout d'une heure, le feu se transforme en braises. Un léger souffle, une fine brindille, suffirait à rallumer cette flambée qu'on nomme désir dans les romans d'amour.

Comment on peut se douter avant que ça n'arrive, cette frénésie qui nous empoigne et ne lâche plus, toi qui n'aimes pas les garçons, qui n'aimes rien ni personne, sauf un peuplier deltoïde et Fleur, parfois.

Dans la nuit noire, tu te mets en marche vers la maison, tu tangues comme un bateau ivre.

Les enfants courent et hurlent sous les jets d'eau. La piscine est pleine de nageurs colorés, elle va déborder. Tout autour, sur le gazon jauni, des baigneurs, assis sur des serviettes, laissent le soleil vibrant leur brûler la peau. Vous êtes là, parmi eux. Fleur se lève, se dirige vers la piscine, se tourne vers toi.

— Regarde-moi ! crie-t-elle en piquant la tête la première au plus creux du bassin.

— Fleur ! Tu sais pas nager !

Tu te précipites, sautes à l'eau, Fleur revient à la surface et patauge comme un chiot sur le bord de se noyer, tu lui attrapes la main, la tires vers le bord.

— Fais pas ça ! C'est dangereux !

Tu lui frottes la tête avec une serviette, calme-toi, petite sœur, mais Fleur est toute à sa joie. Je veux apprendre à plonger, dit-elle, je veux devenir maître-nageur, non, je veux devenir plongeuse olympique. Je veux tout !

Tu la comprends. Toi aussi tu veux tout.

Juillet s'étire, bruissant de feuilles tendres, et tu retournes chaque jour à la même heure dans le parc, sous ton peuplier. La braise couve. Tu sembles calme et même endormie. Tu pourrais attendre des siècles, quelle importance?

Un jour de fin brouillard, au crépuscule, il apparaît brusquement, comme sorti des limbes. Tu es assise les jambes écartées, dolente, les paumes de tes mains ouvertes sur tes cuisses. Cette fois il te repère de loin. Tu ne souris pas, ne bouges pas, respires à peine, offerte, là, tout de suite. Il voit cela, s'approche et s'agenouille devant toi. Il ne te touche pas. Tes hanches frémissent. Tes pieds se tendent vers l'avant. Ton corps se soulève.

Lui, il reste tranquille, mais tu vois que sous la fermeture éclair de son jeans une activité tellurique commence à gonfler. Vous ne bougez ni l'un ni l'autre, tu n'as plus ni volonté ni raison, ton arbre soutient ton dos, ses branches t'indiquent la position à prendre, tu pousses imperceptiblement vers l'avant. Grand-Père te souffle à l'oreille que oui, maintenant! Maintenant! Ouvre-toi!

Lui, il ne fait rien. Il chuchote, la voix rauque:

— Je m'appelle Jay, et toi?

— Éden.

— À la prochaine fois, Éden.

Il se relève et s'en va.

Cette nuit-là, tu t'endors sous les braises, rêves de vallées, de vol en deltaplane, d'éruption volcanique, de big bang.

Chaque jour tu vis avec cette tempête qui te secoue et t'entraîne au large. Quand la marée te ramène, tu passes d'interminables heures dans les toilettes à te regarder dans le miroir, à jouer avec tes cheveux rebelles, à te barbouiller les lèvres de rouge, à l'enlever, à le remettre.

Tu es plus légère qu'avant, tu planes. À la bibliothèque, tu dévores d'autres romans d'amour, de plus en plus osés, tu cherches à comprendre ce qui t'arrive, il y a un mystère, là, qui t'attire et te terrifie, te fascine. Tu te jettes à l'eau, tu te laisses emporter par la vague, tu as peur, tu n'as pas peur, tu veux, tu ne veux pas. Petite girouette fébrile.

Il sait que tu es là, à l'attendre, il n'a qu'à revenir et faire tout ce qu'il veut de toi. Chaque jour tu vas t'asseoir de plus en plus longtemps sous le peuplier. Tu ne portes plus de sous-vêtements, tes seins pointent à travers le tissu de la robe, tu détaches les deux premiers boutons de nacre, enlèves tes sandales et attends que le vertige vienne. Ton arbre te tient. Tu inventes un poème que tu murmures en boucle, comme un mantra.

toi toi toi
moi rien
toi toute la beauté
moi la fille muette
toi à genoux
regard de biais
moi lèvres rouge effronté
petite robe courte
jambes de faon
toi Jay
tu t'appelles Jay
cheveux rasés
yeux trous noirs
plein de faim

Au cœur de l'été, au milieu de la grande canicule qui rend fou, il apparaît entre chien et loup, parc désert, brise ténue, tes cuisses tremblent comme les feuilles là-haut.

Il se penche vers ton visage, ne te touche pas, te murmure des paroles sucrées, viens, chuchote-t-il, suis-moi. Tu te lèves et marches derrière lui, il marche vite, tu le suis, petite somnambule moite de partout, la brise ne rafraîchit rien, vous cheminez sur l'asphalte chaud jusqu'au pont piétonnier, passez de l'autre côté du canal, dans le secteur des condos, et tu flottes sans rien voir, vous traversez l'avenue des commerces, tu t'attaches à ses pas de danseur, vous prenez par des rues que tu ne connais pas, et soudain il pique vers un parc près de la voie ferrée. Mais ce n'est pas un vrai parc, un terrain vague plutôt, avec des arbres sauvages et des mauvaises herbes, et tu n'es plus certaine de vouloir le suivre dans un endroit aussi désert, il te précède dans le sous-bois, on n'y voit presque plus, il se retourne et te prend par le bras, le serre un peu trop fort.

— Aïe !

— Tais-toi.

Il te conduit encore plus loin, s'arrête, tu te laisses tomber, il s'agenouille devant toi, une princesse, ajoute encore quelques mots très doux, l'obscurité noir charbon, par terre c'est un peu dur, tu ne distingues plus son beau visage de félin, tu t'ennuies de Grand-Père, soudain, puis l'oublies, il te demande si tu es prête, tu hoches la tête de haut en bas, il détache le troisième bouton puis l'autre et l'autre, si lentement. Ta robe aux quatorze boutons de nacre complètement ouverte maintenant, comme une peau enlevée.

Tu ne ressens plus la dureté du sol, il défait sa braguette, pose ses deux mains sur tes seins, tes seins poussent ses paumes, ton bassin bascule, et il entre en toi comme s'il était chez lui, une déchirure, tu ne cries pas, il bouge dans tes braises rallumées, te serre fort contre lui, tu devines les deux fentes liquides dans les ténèbres, tu te cramponnes à lui, tes jambes accrochées en ciseaux autour de sa taille, tes bras autour de son cou, petit koala apeuré agrippé à sa branche d'arbre, tu geins, il plaque sa main sur tes lèvres et tu passes de l'autre côté.

Chaque jour, tu vas à l'école comme on va nulle part. Ce matin, le prof de français parle tout seul en avant, de l'autre côté de la fenêtre les feuilles rousses tombent à pleines brassées, s'envolent et retombent plus loin comme une nuée d'oiseaux fatigués. Tu n'entends que des bribes, des bouts de mots dont tu ne comprends pas le sens. Autour de toi stagne l'odeur des ados mal lavés.

— Quel animal êtes-vous ? demande le prof, là-bas.

Quelques-uns se mettent à rire, on entend fuser des grognements, des miaulements, des hululements. D'un coup, la classe se transforme en zoo.

— Je veux un texte de trois cents mots pour le prochain cours, poursuit-il, imperturbable. À la première personne du singulier, vous décrivez en détail l'animal que vous êtes.

La cloche sonne, ils se dressent en bloc, tu suis le troupeau et changes de local pour entendre d'autres mots lointains, et d'autres encore. Tu ne parles à personne, ni aux profs ni aux filles, encore moins aux gars. Depuis la rentrée scolaire, tu traverses les jours à travers un brouillard mauvais, parfois tu t'endors les yeux ouverts, assise bien droite sur ta chaise.

La poly-prison vomit ses élèves à seize heures précises, tu sors avec le flot, longes la bibliothèque du quartier où tu n'as pas mis les pieds depuis longtemps, prends le chemin qui traverse le parc, marches sur les feuilles craquantes, passes sans un regard devant le peuplier deltoïde. Je suis un coquillage fermé, décides-tu. Au centre du coquillage, un château de verre a volé en éclats.

À la maison, tu évites la moindre chicane, restes silencieuse, baisses les yeux vers le sol. Tu écoutes distraitement les histoires de Fleur et de sa ménagerie, avec tous ces chats, tous ces chiens abandonnés, les jeunes oiseaux qui doivent partir avec les grands pour l'hiver, leurs ailes seront-elles assez fortes, la mouffette obèse qui habite sous le balcon du rez-de-chaussée.

Et lui ? Lui rien. Trois jours d'affilée tu avais marché jusqu'au parc à l'heure où le soleil chute et disparaît. Assise contre le tronc de ton arbre, tu avais attendu jusqu'à tard dans la nuit. Tu avais supplié Grand-Père de le faire revenir. Il ne t'avait pas parlé ni consolée. La troisième nuit, en entrant dans la chambre de la marmaille, tu avais enlevé la robe à fines bretelles, l'avais jetée au fond du placard. L'image de Jay en toi, sa démarche nonchalante, son odeur, ses mots chuchotés avaient disparu aussi vite que la chaleur moite de l'été. Depuis, tu n'es plus retournée t'asseoir au pied du Grand-Père, n'as plus caressé sa vieille peau ridée.

Tu travailles toujours à la buanderie. La mère te signe des billets que tu vas porter au secrétariat de l'école le vendredi avant-midi. Ma fille Éden a un rendez-vous chez le docteur. Ma fille doit m'aider à la maison. Ma fille… Aujourd'hui, tu ne te sens pas bien et la femme-dragon t'observe de travers pendant que tu plies le linge.

— T'es pâle et cernée, coudonc es-tu malade?

— Non, je suis fatiguée, c'est toute.

— T'es pas enceinte au moins?

— Je maigris, réponds-tu, l'air bête. Une fille qui maigrit est pas enceinte. J'étudie tard le soir. J'ai plein de devoirs à faire.

La femme vide une poche de lavage sur la grande table au milieu de la place, commence à trier.

— Va donc à la clinique sans rendez-vous, ils peuvent te prescrire des vitamines.

Des fois le matin de bonne heure, il fait noir encore, tu ne dors plus. Tu te lèves, quittes la chambre des filles et vas dans la cuisine attendre le soleil. Avec le soleil viennent les oiseaux. Et les chats cruels, postés sous les branches nues, les attendent.

Ce matin à l'aube, Fleur te rejoint juste au moment où, dans la cour aux poubelles, surgit une petite chatte blanche suivie d'un mâle à la queue cassée. Elle se tourne vers lui et chante *awawaaa, awa, awawaaaa*. Elle avance au ralenti vers le matou tigré, il recule prudemment en levant haut les pattes, elle avance de la même manière, on dirait une valse lente. Ils tournent dans la cour, elle supplie, elle s'approche de plus en plus proche, museau contre museau, *awaa, awawaaaaaaaa*. Il attend. Elle ne lui présente pas sa croupe, elle râle affreusement. Le matou s'éloigne de biais, comme un chasseur déçu. Il se faufile dans un trou de la clôture de broche, elle court derrière lui.

— Elle s'appelle Awa, décide Fleur, et la danse de l'amour est commencée.

— Non ! Elle est bien trop petite !

Tu rêves la nuit d'une carapace au fond de la mer que tu ouvres de force. À l'intérieur, tu prends des éclats de verre pointus et coupants, choisis le plus mince comme un couteau affûté, dessines des traits sur ta joue, ton front, autour de tes poignets. Tu te réveilles en sursaut. Tu as mal au cœur, la tête te tourne. Et les mots délicieux qu'il a murmurés à ton oreille, l'unique fois, je viens vers toi, j'ai plein de désir pour toi, j'aime ton long cou, ta nuque, le petit espace en creux, là, près de l'épaule, tes petits seins, ta fourrure soyeuse, ton odeur de fille, est-ce que tu les as rêvés ?

Un samedi de pluie glacée, Fleur t'entraîne jusqu'à la bibliothèque. Elle te tire par la main et babille à propos d'un chien boiteux qui errait dans les rues du quartier, qu'elle voulait adopter, qui est disparu, son cœur toujours grand ouvert pour les bêtes égarées et malmenées, la petite chatte en chaleur, surtout, qui chante de plus en plus fort et de plus en plus longtemps.

En entrant, tu refuses le roman d'amour que te conseille la bibliothécaire et vous allez vous asseoir à la table du fond. Brusquement, tu demandes à Fleur quel animal elle aimerait être. Fleur sourit.

— Un oiseau arc-en-ciel très léger, qui plane sur les courants d'air chaud… Et toi?

— Je sais pas. Une huître.

— Il doit faire noir dans ta coquille.

— Très.

— Et c'est froid au fond de la mer.

— Glacé.

Fleur te prend la main. Ta main se laisse faire.

— Je suis là, moi, dit-elle.

Tu n'as encore rien écrit pour l'école à propos de l'huître que tu es devenue. Qu'est-ce qu'on peut dire d'un mollusque? Que sa carapace est aussi résistante qu'une porte d'acier, que des coquillages et des algues minuscules s'accrochent à sa paroi rugueuse, que seul un couteau pointu peut l'ouvrir, qu'il faut être habile pour manier le couteau sans se blesser la main. Que personne ne s'inquiète d'une huître parce qu'elle n'a pas les grands yeux innocents d'un bébé phoque, ni le poil soyeux et la grâce d'un chaton. Quoi encore, que normalement, dedans, c'est mou et dégueulasse, que ça pue la mer. Que certains adultes adorent son goût salé et l'avalent goulûment. Mais ton huître à toi est différente. À l'intérieur, sous les ruines du château de verre, tu imagines une perle noire très dure et très lisse. L'huître coule dans l'Atlantique Nord. Mille ans sans lumière.

Le dernier jour d'octobre, au marché des riches, les étals regorgent de courges à la peau épaisse. Dans un bac, couchées pêle-mêle, s'entassent de toutes petites courges rayées, picotées, tordues, rebondies. Par terre, d'énormes citrouilles attendent que des hommes forts les transportent vers les maisons cossues.

Tu racles le fond de tes poches et comptes ta fortune. Tu voudrais offrir à Fleur une citrouille qu'elle pourra évider, dans laquelle elle pourra creuser des yeux, une bouche aussi souriante qu'un croissant de lune. Et si elle dépose une bougie dans son ventre, une lueur chaude brillera dans l'obscurité. Tu remarques une courge dodue, un peu aplatie. Tu t'approches et demandes à la vendeuse comment elle s'appelle et combien elle coûte. Elle coûte trop cher et s'appelle Big Mama. Alors tu choisis dans le bac une minuscule courge orangée trop petite pour être creusée et qui tient dans la paume de la main. Sa rondeur est parfaite.

En revenant par le pont piétonnier, tu vois une forme bouger haut dans le ciel. Tu plisses les yeux, remarques le vol ample et lent, les longues ailes frangées. C'est peut-être le grand héron qui vole droit vers le Sud. Le froid s'en vient. D'ailleurs, le canal a été vidé ces jours-ci. Ne reste qu'un ruisseau répugnant d'où émergent des sacs-poubelle et des morceaux de béton cassé.

Le soir venu, Fleur dépose avec précaution la citrouille miniature sur la commode à trois tiroirs et te demande de l'accompagner pour la cueillette des bonbons. Tu ne veux pas, elle insiste, c'est la dernière année, après je serai trop grande. Tu finis par accepter.

Vous traversez encore le pont piétonnier, parce que de l'autre côté, les friandises goûtent meilleur. Ici et là, sur le seuil des portes, quelques citrouilles tremblotent en signe de bienvenue. Ta petite sœur, dont le seul déguisement est une couronne de princesse en plastique, sonne aux portes et tu l'attends pendant qu'elle récolte ses provisions de douceurs.

Awa chante sa mélopée dans la cour aux poubelles, se tortille et feule devant le matou à la queue cassée. Elle frotte sa tête sur le sol, se roule sur le dos, le ventre en l'air, bondit sur ses pattes et tourne sur elle-même comme une toupie détraquée. Le mâle s'approche.

Awa se couche à plat ventre, croupe relevée, lève sa queue étendard, lui montre son trou rose, il plonge sur elle.

— Inquiète-toi pas, Awa, je vais m'occuper de toi, murmure Fleur qui a tout vu de la fenêtre.

Pendant une nuit de novembre, un grand nordet s'est levé. Tu l'as ressenti jusque dans ton sommeil. Un claquement de fouet dans les ténèbres, un déchirement et un son plus doux, quand les branches cassées s'affaissent et rejoignent le sol.

Au matin, tu te mets en marche vers l'école. Le quartier te semble différent sous le soleil lointain, plus fragile et plus nu avec ses arbres blessés, certains n'ont plus de bras. Tu contournes les grosses branches et leurs dernières feuilles qui gisent sur le trottoir. Lorsque tu empruntes le chemin qui traverse le parc, tu perçois d'abord un grand vide bleu. Puis tu comprends. Le Grand-Père est tombé d'un bloc, ses racines pointées vers le ciel cobalt. Tu serres les mâchoires et fais un grand détour.

Plus tard, les hommes de la voirie viennent avec des scies mécaniques, enfoncent leur scie dans la chair du géant, traversent tous les anneaux de croissance, séparent l'arbre en tronçons qu'ils vont jeter à la décharge. Quand tu repasses par le parc, en fin d'après-midi, ne reste plus que des copeaux de bois dur. Tu marches dessus, ne ressens rien.

Tu te décides et vas à la pharmacie acheter ce qu'il faut. De retour à la maison, tu t'enfermes dans les toilettes. Lis toutes les instructions, les exécutes et attends deux minutes. Le test de grossesse affiche une croix au milieu d'un cercle. Une croix ? Tu décides qu'il n'est pas bon. La preuve, tu maigris. Sauf tes seins mais c'est normal. Tu vas avoir quinze ans bientôt, il faut bien qu'ils se décident à pousser. Dans ton ventre plat, il n'y a rien.

Une journée de bibliothèque, Fleur se choisit un livre du côté des adultes à propos des enfants sauvages. Toi, tu feuillettes des magazines sans rien voir. Tu ne lis plus de romans d'amour. Ces romans-là sont des mensonges. La petite sœur est plongée dans le livre, elle le lit en entier, d'une traite. Puis elle se tourne vers toi, les yeux brillants, chuchote qu'il existe loin d'ici des enfants perdus qui sont adoptés par des animaux. Des loups, des chiens.

— Tu savais ça, Éden ?

— Non.

— Il y a cette petite fille, presque un bébé, les parents n'en voulaient plus, ils l'ont laissée dehors, dans la cour à côté de la niche de la chienne, et la chienne l'a vue, léchée partout, l'a laissée dormir collée contre sa fourrure, lui a donné à boire de son lait. La petite fille est devenue un enfant-chien. Elle courait à quatre pattes, lapait l'eau dans une chaudière, partageait la nourriture de la chienne, elle aboyait aussi, grognait, s'ébrouait comme un chiot.

Tu écoutes vaguement, cette histoire ne t'intéresse pas une miette. Mais Fleur insiste :

— La fille-chien était très heureuse. Plus tard, des docteurs l'ont trouvée et l'ont amenée dans un hôpital pour lui apprendre à redevenir humaine. Ils lui ont appris à marcher debout, à manger la soupe avec une cuillère et à parler. Quand elle a su parler elle a dit : ma mère, c'est la chienne.

Tu regardes Fleur, ébahie. C'est vraiment trop débile, cette histoire inventée.

— Tu sais quoi, Éden ?

— Quoi ?

— Une mère-chien, ce serait bien pour nous deux.

La mère va de moins en moins souvent arpenter les rues du quartier à la recherche de nourriture pour la marmaille. Elle dit qu'elle a mal aux jambes, que ça va passer. Certains soirs, elle s'est mise à boire de l'alcool avec l'homme qui ne vous sert pas de père. Le vendredi suivant, quand tu retournes au lavoir, tu te cognes le nez sur la porte. Un écriteau FERMÉ se balance dans la fenêtre. Oh non, penses-tu, oh non, non, non ! La femme-dragon est disparue !

Tu entres dans le commerce juste à côté, une épicerie avec des odeurs étrangères, un vieillard venu de loin ne comprend rien à ce que tu demandes, il va chercher un jeune homme brun aux yeux très noirs et celui-ci s'exclame, avec de grands gestes, *the lady is sick! The lady quit!* Elle est partie, ne reviendra pas, elle a mis son commerce en vente. Elle ne t'a pas prévenue. La crisse de folle.

Fleur secoue la boîte de céréales, la repose sur la table.

— Il n'y en a plus, chuchote-t-elle. Il n'y a rien d'autre à manger.

— C'est à cause du gros cave, dis-tu. Il boit tout son chèque de pauvre. Il ne donne plus rien à la mère, et elle ne s'occupe plus de nous.

— Mais son chèque à elle ? Et les allocations pour nous ?

— Ils servent à payer le loyer et l'électricité.

— Et Ève ?

— Ève va déménager s'il n'y a plus de nourriture. Peut-être que la mère veut se débarrasser d'elle.

— J'ai faim, reprend Fleur. Et Awa va avoir des bébés dans deux mois. En attendant, il faut qu'elle mange de la viande !

Tu commences à rôder à l'entrée de la station de métro. Tu observes les usagers, le vendeur de tickets dans sa cage de verre, les gardiens de sécurité, tu notes les heures d'affluence, les heures creuses, les places déjà prises.

Tu choisis un emplacement, en bas du premier escalier roulant, près du guichet, là où l'hiver les courants d'air seront féroces. Pas question de déloger les plus anciens. Tu iras tous les jours après l'école.

Tu te fixes les règles du jeu. Tu les suivras à la lettre. D'abord, avoir du respect pour ses clients. Ne pas quémander avec insistance, ne pas réagir agressivement quand un gros riche ne te donne rien. Ne pas oublier que, dans une station de métro, les mêmes personnes repassent tous les jours. Un jour ils donnent, un jour ils donnent pas. Ça dépend de ce qu'ils ont au fond de leur poche, de leur humeur, du stress ou de la température. Jamais tu ne fixeras des yeux les personnes qui passent devant toi, tu tiendras ton gobelet de carton dans tes mitaines, loin du corps, c'est gênant pour les êtres humains de trop s'approcher de la quêteuse. Peut-être qu'elle pue, peut-être qu'elle mord. Tu fixeras un point dans l'espace, juste au-dessus de leur tête. Demain sera le premier jour de ta nouvelle job.

Au métro, une femme inuite quête dehors près de la porte. Elle s'assoit sur le trottoir, ne parle pas notre langue. Elle est très petite, menue, et ses mains sales ne craignent pas le froid. Elle a l'air vieille, mais peut-être qu'elle n'est pas si vieille que ça. Peut-être qu'un homme ivre, là-bas d'où elle vient, l'a malmenée.

Tu quêtes vaillamment chaque jour après l'école. Quand tu as assez d'argent, tu remontes vers la sortie, tu n'oublies pas de donner un peu d'argent à l'Inuite, ça te porte chance. Quand elle te sourit en guise de remerciement, tu vois des trous noirs entre ses dents.

Tu passes au snack-bar manger un cheeseburger. En l'avalant, tu verses le contenu de ton gobelet sur la table et comptes ta fortune. Une reine d'un bord, un huard de l'autre. Une reine, un castor assis sur sa maison de branches. Une reine, un grand voilier. Une reine, un orignal ou un caribou, tu n'es pas sûre. Et, plus rarement, une reine, un ours polaire debout sur sa banquise qui rapetisse. Ensuite, quand il te reste assez d'argent, tu commandes un autre burger pour Fleur et tu rentres en marchant le plus vite possible pour le garder chaud.

Dans la cuisine, la petite essuie la buée sur la fenêtre et parle à la chatte blanche, assise dans la neige sur le balcon d'en arrière et qui attend. T'es belle. Awa, je t'aime.

Oh! Tais-toi, tais-toi donc! penses-tu. Tu as parfois envie d'être cruelle avec Fleur, elle qui glisse sur un fil de funambule au-dessus d'un abîme qu'elle ne regarde jamais. Toi, tu ne t'es jamais sentie comme elle, en apesanteur. Tu sais que vous habitez une marmite remplie de poison.

— Awa va avoir ses bébés bientôt. Je vais lui fabriquer un nid, déclare la petite.

Elle court dans la chambre, tu l'entends fourrager dans le garde-robe de la marmaille, revenir avec une camisole. Tu rouspètes qu'elle n'aura pas ses bébés tout de suite, elle était en chaleur il y a quoi, trois semaines?

— Ça fait rien. Elle pourra venir dormir dans son abri si elle veut, et quand le temps sera venu, les petits n'auront pas froid.

— Quand Ève va s'apercevoir que tu lui as piqué sa camisole avec des paillettes sur le devant, tu vas en manger toute une.

— Elle la met plus. Elle l'a oubliée, celle-là. Je peux prendre une des tiennes aussi?

Tu hausses les épaules. Tu t'en fous.

— Je vais installer le nid pour Awa dans le cagibi du balcon et laisser la porte juste un peu ouverte. Le mieux, ce serait un sac de couchage, mais on n'en a pas. Une boîte de carton, ce serait bien, je mettrais les camisoles au fond. Au dépanneur, ils doivent bien en avoir de reste. Il va falloir qu'elle mange tous les jours de la nourriture pleine de vitamines, ajoute-t-elle en te regardant par en dessous. De quelle couleur tu penses qu'ils vont être, ses chatons?

— Ça dépend du père.

— C'est le matou à la queue cassée, tu te rappelles pas? Ils ont fait la danse de l'amour ensemble.

La petite berce les camisoles roulées en boule dans ses bras, chantonne qu'ils seront tigrés, les bébés, ou blancs, ou moitié-moitié. Toi, tu repousses l'image de la danse des amoureux.

La mère arrive à son tour, avec quelques denrées venues du sous-sol de l'église catholique. Elle te demande d'aller acheter du lait. Elle ne te donne pas d'argent. Elle sait. Vous n'en parlez jamais. Tu enfiles ton blouson et tu sors.

La température a baissé d'un coup. Il va geler cette nuit. Tu dévales l'escalier, rabats ton capuchon. Tu te demandes si la mère a honte, décides que oui. Bien sûr que oui. Au moins, tu ne t'occupes plus du lavage. C'est elle qui se rend à l'autre laverie six coins de rue plus loin, avec son chariot à provisions. Tu marches vite. Le froid te mord les joues, tu te sens fatiguée, soudain. Envie de t'asseoir sur la chaîne du trottoir. De ne pas retourner là-bas.

Tu as en poche juste assez d'argent pour une pinte de lait et une conserve de nourriture pour chats. À la caisse du dépanneur, tu demandes si par hasard ils n'auraient pas une boîte de carton à donner.

Aujourd'hui c'est l'anniversaire des jumeaux. La mère, son énergie revenue, a réussi à dénicher des denrées. Elle a préparé une sauce aux tomates avec des boulettes de viande.

À l'heure du souper, Adam entre par la porte d'en avant. Il a dix-huit ans depuis ce matin, il est majeur et libre.

Embrassades et câlins, la mère fait réchauffer les boulettes, met les pâtes à bouillir, toute la famille s'assoit, Fleur lévite jusqu'aux genoux du grand frère, la mère le sert en premier comme un seigneur.

Adam avale sa part, un tigre en manque de proies, annonce qu'il a rendez-vous après le souper avec ses copains. Il quémande de l'argent à la mère, qui n'en a pas. Il en demande à Ève, qui lève son majeur très haut. Il se tourne alors vers toi. Y paraît que tu gagnes de l'argent ces temps-citte?

Tu devines que la mère lui a révélé ton secret, tu lui jettes un regard haineux, elle détourne la tête, tu voudrais la tuer. Adam dépose Fleur par terre, se lève et marche vers toi, tu te lèves aussi, siffles comme un serpent, j'en ai pas. Il t'empoigne, l'homme qui ne vous sert pas de père s'interpose, Adam le frappe, Ève crie, la cuisine explose, tu attrapes Fleur par la main et vous détalez par la porte arrière, dévalez l'escalier de métal glacé, vous courez sans manteau jusqu'au dépanneur du coin.

Fleur frissonne. Tu achètes une tablette de chocolat, déchires le papier avec les dents, avales une bouchée, donnes le reste à la petite. En revenant sur vos pas, la nausée te prend par surprise, tu vomis sur le trottoir la bouchée de chocolat et ta portion de pâtes aux boulettes.

Tu progresses dans l'apprentissage de ton nouveau boulot. Tu sais maintenant avec exactitude quelle attitude prendre, à la fois fière et digne mais pas trop, pas baveuse, jamais. Personne ne fouille le fond de ses poches pour donner un huard à un arrogant. Un jour, tu entends, venue d'en bas, une voix humaine qui chante. Tu décides d'aller voir. Tu attends que l'employé au guichet s'absente pour aller aux toilettes et tu passes sous le tourniquet, descends par le long escalier roulant et une volée de marches. Ça y est, tu es au plus bas, dans les entrailles du métro.

Debout devant une colonne, une casquette à ses pieds pour recueillir l'argent, un homme sale et plus très jeune chante une chanson dont il ne connaît pas les mots. L'air ressemble vaguement à une version de *Stone, le monde est stone*. Sa voix monte dans les aigus, vacillante, on n'est pas certain qu'il tiendra la dernière note, haute et longue comme une plainte, on peut voir sa pomme d'Adam tressauter. Il persiste, les bras le long du corps, la tête rejetée vers l'arrière, les usagers s'arrêtent malgré eux devant lui, il reste là tout en haut, une note pure et désespérée qui s'étire jusqu'à l'impossible, et encore un peu plus, se rompt. Tous sortent une poignée de monnaie de leur poche, chacun lui donne une offrande, et toi aussi tu t'approches et te penches vers lui avec respect, laisses tomber quelques pièces dans sa casquette usée et murmures merci.

Le monde rétrécit. Adam n'a jamais remis les pieds dans le logement et Ève est partie pour de bon. La bonne nouvelle, c'est qu'elle a laissé la plupart de ses vêtements derrière elle. Fleur a récupéré un chandail dont elle roule les manches, un bonnet qui lui tombe sur les yeux, et toi un parka deux tailles trop grand et un foulard de laine rouge que tu enroules autour de ton cou. Tu sens parfois du mouvement dans ton ventre, comme des ailes de papillon. Tu persistes à croire que c'est ton estomac qui se plaint. Chaque soir, tu rapportes un peu de nourriture pour Fleur et parfois une conserve pour la petite chatte blanche.

La mère s'est remise à boire avec l'homme de la maison. Ils passent leurs journées devant le téléviseur. Une assistante sociale est venue rencontrer les adultes pour un suivi, il y a eu des palabres au salon qui empeste le fond de bouteille. Tu as peur qu'on vous place dans une famille d'accueil et, surtout, qu'on vous sépare, toi et Fleur.

Pour contrer le froid, vous dormez ensemble dans le même lit, avec toutes les couvertures de la marmaille. La nuit, la mère coupe le chauffage. Noël s'en vient. Heureusement, les passants te donnent plus d'argent que d'habitude. Tu nourris convenablement ta petite sœur, Awa et toi-même. Tu serres les dents, bloques tes mâchoires. Tu tiens le coup.

La veille de Noël, les passants sont particulièrement généreux, surtout ceux qui se sentent coupables de dépenser autant pour si peu de bonheur en retour. Un homme gris et seul te tend un billet de vingt.

Tu as tout juste le temps de te rendre au marché avant la fermeture, tu achètes un de ces petits arbres à feuilles persistantes venus de loin et qui poussent dans un pot de terre cuite. Sur ses branches minuscules, on a fixé des boucles de ruban rouge et or, accroché quelques angelots de plastique. Tu achètes aussi des clémentines et du chocolat, tu te hâtes vers le logement de la marmaille, tu n'oublies pas de ramasser deux burgers au fromage fondu et deux frites au snack-bar.

La mère et l'homme qui boit son chèque de pauvre sont déjà endormis devant la télé, Fleur bat des mains quand elle aperçoit l'arbre nain, elle a invité Awa et sa grosse bedaine à entrer dans la chambre de la marmaille, elle a fait les lits, punaisé des feuilles de papier sur lesquelles elle a dessiné des sapins, des rennes au nez rouge, des montagnes de cadeaux. Vous partagez votre festin avec la chatte blanche, votre arbre de Noël scintille, tu ouvres l'emballage du chocolat, le distribues en parts égales, Fleur caresse Awa, qui ronronne et se pourlèche. La tendresse, qui passait par là, se faufile entre vous trois et vous enveloppe comme une Big Mama.

La dernière journée de l'année, vers midi, une vieille femme vêtue de noir sort du wagon de métro et se dirige vers la sortie. Elle porte un sac à dos arrimé sur ses épaules et tire derrière elle une valise à roulettes. Au bout du couloir, juste en bas des escaliers roulants, tu quêtes debout, très droite, ton gobelet de carton tendu à bout de bras. La femme s'arrête devant les marches, hésite. Elle bloque le passage, ça t'irrite.

— Vous avez besoin d'aide ?

— Non merci. Merci beaucoup.

Elle te sourit, tu hausses les épaules et reprends ton boulot pendant que la vieille reste plantée là, au bas des marches, sans se rendre compte qu'elle nuit à la circulation des usagers. Un homme lui offre son aide. Elle refuse avec ce même sourire reconnaissant. Et toi, tu lui jettes un coup d'œil, mine de rien. Elle semble désorientée. On dirait qu'elle va tomber sans connaissance. Enfin elle se décide, rentre le manche rétractable, saisit la poignée de la valise, vacille, avance sur la marche qui l'emporte doucement vers le haut.

Tu observes un moment la silhouette qui monte, monte vers la lumière et disparaît. Cette femme âgée t'attire comme un aimant. Mais qu'est-ce qu'elle a ? Brusquement, tu verses le contenu de ton gobelet dans ton sac à dos que tu balances sur ton épaule, tu grimpes les marches quatre à quatre.

Dehors, le soleil de midi éblouit. Un peu plus loin, la vieille essaie de traverser la rue, mais les roues de sa valise sont embourbées dans la sloche. Un autre homme lui offre de l'aide. Non merci. Sourire perdu.

Tu te précipites, lui prends le manche des mains, tires d'un coup sec, dégages les roues.

— Vous allez où ?

— Je… Par là…

— Vous voulez boire un café ?

Tu n'attends pas la réponse, prends les devants avec la valise, l'autre te suit. Vous traversez la rue bondée, entrez au café Saint-Charles. Tu réquisitionnes une table libre près de la fenêtre. Vous vous assoyez face à face. Tu commandes deux cafés filtres, tu dévisages la femme qui garde les yeux baissés et chuchote, comme un aveu :

— Ce matin, j'ai quitté ma maison du Nord.

La serveuse arrive avec les deux cafés et les gobelets de crème. Tu verses la crème dans les tasses, remues avec la cuillère.

— Mon compagnon ne veut plus de moi. Il me l'a dit tantôt, reprend la femme.

Tu te penches au-dessus de la table, scrutes les joues ridées, les cheveux argentés, les lèvres qui tremblent.

— Je ne pouvais pas rester. J'ai fui.

Et là, tout d'un coup, tu comprends.

— Mais… Vous avez une peine d'amour ! Vous êtes pas trop vieille pour ça ?

L'autre essaie de sourire, ne réussit pas, fait signe que oui. Oui, elle est trop vieille pour ça. Oui, elle a un chagrin d'amour.

— Ça fait mal, mais pas longtemps, dis-tu, péremptoire. Là, vous avez l'impression d'avoir mangé une volée. D'être tombée du troisième étage. Mais on se relève, on oublie très vite. Ça reste en nous comme un rêve qui s'éloigne et s'efface. Peut-être que ça n'a même pas existé.

— Pas existé ? murmure la vieille. Toutes ces années, pas existé ?

Tu te lèves brusquement. Tu ne peux pas regarder plus longtemps ce visage ravagé, c'est insupportable, cette faiblesse. Ça tire vers le bas, ça rameute toutes les pensées noires que tu repousses, le manque, l'obscurité, l'absence d'âmes amies. Si tu restes, si tu laisses sa détresse entrer en toi, tu vas crever. C'est chacun pour soi sur cette terre, toi, tu as Fleur, elle, elle n'a plus rien. Tu ne paies pas pour ton café, qu'elle s'en occupe. Tu déguerpis.

L'EXILÉE

Pour moi, ce dernier jour de l'année commence par un silence pesant, celui de l'isolement et de la méfiance. Une querelle éclate, il dit j'arrête ici, je demande alors c'est fini? Il ne répond pas, ne répondra plus jamais, il faut que je sorte d'ici, fuir droit devant, le plus loin possible, me cacher.

Le trajet sur l'autoroute se passe dans un autre silence, celui d'après la fin du monde quand on regarde, hébété, les ruines autour de nous. Deux heures plus tard, l'auto s'arrête devant l'entrée du métro de banlieue. Je descends, attrape sur le siège arrière mon sac à dos, le dépose sur le sol glacé. Je sors avec difficulté la petite valise à roulettes, la dépose aussi sur l'asphalte. Lui, les mains sur le volant, fixe son pare-brise.

Pas d'au revoir. Aucun adieu. La crevasse s'élargit.

Je referme la portière, j'arrime mon sac à dos, tire sur le manche de la valise qui s'ajuste dans un déclic. Je marche vers l'entrée du métro, traînant derrière moi la valise dans laquelle j'ai jeté à la hâte quelques vêtements. Dans le sac à dos, j'ai glissé mon ordinateur portable, mon cellulaire, et mon appareil photo

qui traînait sur ma table de travail. Après quelques
pas, je vacille légèrement, m'arrête.

Me redresse.

Me remets en marche sans me retourner.

Disparais dans la gueule du métro.

Des mois plus tard, je me rappellerai que ce jour-
là, le dernier jour de l'année, j'avais ressenti le vide
sous mes pieds en passant le seuil de notre maison du
Nord, que le gouffre était sans fond, que le plus dur
avait été le parcours sur l'autoroute, et que malgré tout
c'était bien ainsi, car le premier jour de la nouvelle année serait le premier jour de ma nouvelle vie. Il y avait
de la gratitude dans cette pensée.

À notre première rencontre, Éden, je suis absente à
moi-même et aux autres. Alors, lorsque tu quittes en
catastrophe le café Saint-Charles, j'oublie aussitôt la
jeune quêteuse autoritaire, aux yeux inquisiteurs et à
la voix rêche qui m'a guidée jusqu'à cette table près de
la fenêtre et s'est esquivée presque aussitôt comme si
j'étais un oiseau de mauvais augure. Je paie les cafés
et je retourne dans la rue où les passants font leurs
dernières courses avant la fête du Nouvel An, marche
jusqu'à cet appartement qu'un couple d'amis a laissé
à ma disposition. Au cas où, Jeanne, avaient-ils dit en
me donnant les clés, nous partons deux mois. Je tire
ma valise derrière moi en montant un escalier intérieur étroit, à pic. Si je tombe, personne ne le saura.

La première nuit, je la passe recroquevillée sur le divan du salon. Je garde la télé ouverte pour sentir une présence, une voix humaine qui me chuchote des confidences à propos de la météo, du champagne de l'année nouvelle, de toutes ces résolutions qu'il faut prendre absolument, perdre du poids, jouer dehors, sauver la planète exsangue. Jamais je n'irai dormir dans la chambre du couple. Le lit est trop vaste.

Au petit matin, dans le miroir de la salle de bain, je fixe cette vieille femme aux yeux bordés de rouge, aux rides profondes dans les grimaces de la douleur. Je la trouve laide, cette vieille, et lui souffle au visage, *Bag lady, bad lady*, pour le reste de ta vie, tu seras seule.

J'installe mon campement de nomade, réunis tous mes biens dans la grande pièce à vivre, valise, ordinateur, je dormirai dans le coin salon, mangerai, écrirai au bout de la table réfectoire, j'utiliserai le moins d'espace possible. Je vivrai une heure à la fois, comme une droguée en sevrage.

J'allume mon ordi, j'ouvre un document vierge, l'intitule *Journal du désastre*, inscris la date, premier janvier. J'écris.

Pourquoi t'as lâché ma main? Pourquoi t'as lâché ma main? À quoi t'as pensé?

Je lui parle à n'importe quel moment du jour ou de la nuit en marchant de long en large dans cet appartement que je squatte. Reste à mes côtés, lâche pas ma main, pourquoi t'as fait ça. Je pousse de petits cris d'animal. Je bascule sans avertissement dans le creux des larmes. Je pleure sous la douche, je pleure dans la rue, je ne peux pas m'en empêcher.

Aux heures les plus chaudes du jour, je quadrille les rues d'alentour, trouve le dépanneur le plus proche, la pharmacie, le pont-passerelle qui traverse le canal, le marché. Je décide de sortir tous les jours, quelle que soit la température. J'arpenterai toutes les rues du quartier, et ensuite je prendrai le métro dans n'importe quelle direction, marcherai un autre quartier, un autre et un autre. Je me donne des règles, des itinéraires, des tâches à accomplir. J'encadre la vieille folle chancelante.

Un jour que je zigzague dans les rues avoisinantes, je traverse un long parc bordé d'arbres centenaires. De l'autre côté je découvre une école hideuse de béton gris, aux fenêtres en forme de meurtrières. Je traverse un tunnel au hasard, longe la voie ferrée, j'entends le train qui s'approche, je ressens dans mon ventre le grondement des roues de métal sur les rails. Je continue de marcher dans un secteur où se mélangent habitations, entrepôts, gares de triage, terrains vagues. En revenant par un autre chemin, je passe devant le parc des Cheminots et celui des Chaudronniers. De petits parcs humbles.

Pendant que j'arpente les rues de notre quartier, tu retournes à l'école hideuse. Le deuxième jour, tu décides de ne pas aller à ta job de quêteuse après les cours. En traversant le parc sur toute sa longueur, tu dépasses une bande de filles jacasseuses dans leur parka au capuchon bordé de coyote. Tu as envie de les frapper.

Tu marches vite, tu as froid, tu as oublié une mitaine dans ton casier. Les arbres dénudés grelottent. L'été, on sait pas. Ils portent une robe verte et bruissante. Mais l'hiver, on voit leur vérité. Leur squelette.

Tu rentres à la maison, les deux adultes sont ivres de bière et de mauvais vin rouge de dépanneur, ils somnolent sur le divan fatigué, quelque chose ne va pas. Tu entres dans la chambre de la marmaille, la petite citrouille orange vif a disparu, le troisième tiroir de la commode est vacant, tu cours vers le salon, tu secoues la mère durement. Elle ouvre les yeux. Tu recules.

— Où est Fleur ?

— Partie, marmonne la mère, dans une famille d'accueil.

Tu donnes un coup de poing dans le mur, tu reviens vers elle, lui cries après.

— Où est ma petite sœur ? Donne-moi l'adresse !

L'homme se réveille, marmonne qu'on sait pas, ils l'ont pas dit. Tu marches de long en large dans la cuisine, tu ne sais pas quoi faire, tu hurles dans ta tête que Fleur était une petite lumière dans ta nuit, que tu devais la protéger, que t'as pas réussi.

Je m'approche du guichet automatique, insère ma carte de débit. Mes mains hésitent. Mon NIP, c'est quoi déjà? Je le connais par cœur, voyons. Je l'ai aussi noté quelque part. Où? Dans mon agenda de poche? Où est mon agenda? Au fond de mon sac à dos? Mes mains fouillent à l'aveuglette, je me creuse la cervelle, ne trouve que du vide. La date de mon anniversaire? La date de son anniversaire à lui? *Veuillez entrer votre NIP.* Je me détourne. Trois personnes en file derrière moi. Je reviens vers l'écran. La machine crache ma carte. Je reste figée, étourdie. Je ne suis pas capable. Je ne suis plus capable.

J'aligne sur le comptoir de la cuisine une petite conserve de thon à l'huile, quelques feuilles de laitue frisée, une tomate, un demi-citron. Me faire une salade, surveiller ce que je mange, ne pas tomber malade, surtout. Cet ouvre-boîte a une drôle de forme. Je le place dans un sens, dans l'autre, j'appuie, tourne la poignée, secoue. Calme-toi. Concentre-toi. L'ouvre-boîte me nargue. Je le lance dans l'évier. Mon corps tremble, mon cœur cogne, mon ventre se contracte, je vois des cercles blancs. Je m'assois sur la première chaise venue, la tête entre les genoux. Respire, respire. T'es rien qu'une vieille folle. Prends garde quand tu traverses la rue. C'est rien qu'un ouvre-boîte. C'est rien qu'un guichet automatique.

Je n'aime pas la femme au miroir de la salle de bain avec sa tête de vieille chienne abandonnée. Je me détourne d'elle. Je veux ma jeunesse, ma beauté, ma chevelure brune, mes longs cils ourlés, mes petits seins de rien.

Tu crois que tu es un homme chevaleresque ? Tu te trompes. T'es rien qu'un gars qui prend la tête de sa vieille chienne dans ses mains et lui dit d'une voix forte je t'aime ! Après, il l'emmène dans son auto jusqu'à la bretelle de l'autoroute, s'arrête sur le bas-côté, ouvre la portière, la pousse dehors, referme la portière et s'en va. T'es rien qu'un menteur. Un lâche.

Un jour, tu repères un téléphone public et oses appeler à la Direction de la protection de la jeunesse. Tu attends longtemps qu'une ligne se libère. Tu expliques que ta petite sœur vit dans une famille d'accueil depuis deux semaines, que tu es sans nouvelles d'elle, que tu veux savoir l'adresse et le numéro de téléphone où la joindre. On te répond que ces informations à propos des placements ne sont pas divulguées, mais si tu laisses ton nom et tes coordonnées, un travailleur social te rappellera. Tu raccroches. L'huître que tu es devenue touche le fond de l'abysse, s'enfonce au ralenti dans la vase, disparaît.

Chez le médecin, je raconte que je me suis trompée de direction dans le métro quatre fois dans la même journée, que j'ai dormi plusieurs nuits avec les clés dans la serrure à l'extérieur, que je n'arrive pas à utiliser un simple ouvre-boîte. J'oublie mes mots de passe. Je me désorganise, je panique à rien, vous comprenez? L'alzheimer? C'est ça?

Le médecin se cale dans son fauteuil, lève la main en signe d'apaisement et dit nous allons observer. Vous vivez une période difficile. Un énorme stress. Vous n'avez plus de chez-vous. Vous habitez chez des amis. Vous avez des ennuis d'argent. Vous vous retrouvez seule. Dormez-vous?

Pas trop, je dis. Et soudain, j'éclate de rire. Je suis gauchère. Cet ouvre-boîte de merde est conçu pour les droitiers.

En son absence, je retourne à la maison du Nord avec une amie. Là-bas, le toit croule sous la neige compacte, la maison s'enfonce dans le blanc. L'agent d'immeubles a planté l'affiche À VENDRE de guingois dans le banc de neige près de la galerie.

Ce qui me frappe en entrant, c'est que l'odeur a changé. Puis je remarque la lumière de janvier qui traverse en oblique l'espace ouvert du rez-de-chaussée, l'escalier que j'avais peint de blanc, la beauté et la poésie que j'avais inventées pour notre nid, mais je contemple tout cela de loin, je suis devenue une étrangère, une intruse.

En plus de quelques vêtements chauds et de mon passeport, je récupère le foulard de mohair bleu cendre et l'opinel qu'il m'avait offerts. Mon testament est broché avec le sien. Mes mains ne veulent pas les séparer. L'amie les détache pour moi. Je réalise que chaque nouveau geste de séparation contient toute la séparation, toute la déchirure, que ça va durer long-temps et que je ne serai pas assez forte.

Je sors par la porte du jardin, marche dans la neige épaisse vers le boisé, plus haut, faire mes adieux à ma vieille chatte que j'ai enterrée l'an dernier au pied de la grosse roche de granit. De là, j'ai une vue plongeante sur le toit enneigé de la maison, l'abri où j'avais cordé avec soin le bois d'érable, les cèdres que nous avions plantés, mais pas les jeunes et douces pruches que j'aimais tant, enfouies sous la neige.

J'ai une envie soudaine et féroce d'acheter en solde un édredon de duvet.

Je vois quelques amies, pas trop souvent et pas toutes. Je comprends qu'un chagrin d'amour traîne avec lui un semblant de mauvais sort et qu'il ne faut pas trop le laisser paraître. Je m'en aperçois à leur anxiété soudaine, à leur obstination à me dire que je vais mieux, vraiment mieux, à m'éviter. Elles ne sont plus jeunes. Ce genre de chagrin révèle l'ombre des couples. Oui, je porte à bout de bras mon amour mort, et elles ont du mal à regarder ça, ce territoire brûlé, ces ruines, ce regard terrifié de la vieille chienne. Elles me rappellent la jeune quêteuse du métro.

Un jour de redoux, à l'intérieur du marché, un commerçant élève une pyramide avec un gros arrivage de framboises venues du Sud. Les framboises, qui ne survivent pas longtemps dans leur caissette de plastique, sont en solde à trois caissettes pour le prix d'une. J'achète.

Juste avant de reprendre le pont piétonnier, je croise un homme qui tend la main en bredouillant pour manger madame. Je sors de mon sac à provisions une caissette de framboises et la lui tends. Son visage stupéfait. Je continue mon chemin, traverse la passerelle. Je me retourne une seconde, il est toujours planté là, à contempler la barquette de plastique dans sa main. Il hésite, soulève le couvercle, saisit délicatement le petit fruit entre le pouce et l'index, l'approche de son visage.

Un froid arctique se répand sur la ville et, pendant toute une semaine, au lever du jour, il fait moins trente. Le froid est si violent que dans le logement de la marmaille décimée les tuyaux gèlent la nuit. Un matin, Awa se pointe sur la galerie d'en arrière. Depuis le départ de Fleur, la petite chatte blanche avait disparu. Par la fenêtre de la cuisine, tu vois que son gros ventre a fondu. La bête est sale et maigre, un squelette de félin avec de la peau poilue par-dessus.

Où t'as caché tes bébés, Awa? Est-ce qu'ils t'attendent dans le nid du cagibi? Tu sors sur le balcon, vérifies. Le cagibi est vide. Tu t'approches d'Awa qui recule, le poil de son dos hérissé. Elle feule. As-tu mangé tes chatons mort-nés? Tu avances la main, elle la griffe sauvagement et s'enfuit par l'escalier de fer.

Bag lady, bad lady, vieille chienne, c'est ta faute, tu n'as pas fait attention. Tu n'as pas préparé ta sortie, tu n'as ni plan A ni plan B, tu as juste regardé s'écrouler tout ça, ta vie, ton amour. Relève-toi! Relève! Non, je ne te tendrai pas la main.

N'oublie pas qu'une vieille femme doit sourire aux autres, tous les autres, et rester aussi calme et sereine qu'un moine bouddhiste dans sa robe safran, tu ne dois en aucun cas afficher ce masque de la dévastation, mais mettre en valeur ce qui reste de ta jeunesse, quelques traces. Une vieille femme, si elle ne démontre ni courage ni bonne humeur, est bonne à jeter.

À la banque, je rencontre un de ces jeunes conseillers financiers qui changent tout le temps, le même modèle impeccable, celui en qui on peut avoir une confiance inébranlable, la preuve, le mâle en habit-cravate, la femelle parfumée en tailleur-talons aiguilles.

Sur l'écran de l'ordinateur, dans mon dossier, son nom à lui apparaît dans la case *à prévenir si…* On efface? demande la conseillère comme si c'était la chose la plus banale qui soit, chasser une mouche du revers de la main, jeter à la poubelle un courriel indésirable.

On efface. Je n'ai personne à prévenir si.

Je marche dans un quartier animé que j'ai choisi au hasard sur la carte du métro. Aux feux de circulation, je remarque un couple mal assorti. Un homme bien bâti aide une très vieille femme à traverser la rue. Sa mère peut-être, ou une voisine âgée qui n'a plus personne pour prendre soin d'elle? Elle avance à petits pas hésitants, trébuche, il la soutient. Moi, je traverse dans l'autre sens et brusquement je lui envie ce bras qui la protège, cette présence attentive.

L'homme grisonnant, à la poigne solide, me sourit lorsque je les croise. Ne soyez pas jalouse! lance-t-il, comme s'il avait deviné.

Pendant une seconde, je ne vois que le sourire taquin, le désir de protéger la veuve et l'orphelin, la façon qu'ils ont de se mettre en mouvement comme on part en croisade, leur énergie, leur humour, et le jeune garçon ludique qui réside en chacun d'eux.

Un matin de tempête où le blizzard gifle la fenêtre, où les arbres affaiblis tombent sur les fils électriques, où la météo annonce vingt-cinq centimètres de neige là-haut dans les montagnes, je m'inquiète pour lui.

Demain, vas-tu monter sur le toit pour le déneiger ? Je ne serai pas là pour te surveiller au cas où tu tomberais. Je ne serai plus jamais là, pour te trouver beau sur le toit. Est-ce que tu manges bien, fais-tu un feu chaque soir pour te réconforter, est-ce que ta décision de rompre t'a apaisé, t'a laissé un espace de respiration, la possibilité de nouveaux bonheurs ?

La première semaine de février, j'achète au marché mes premières oranges sanguines de l'année. Je me dépêche de rentrer à l'appartement, vide le sac sur la table, saisis une orange. La pelure s'enlève facilement avec le pouce, je sépare les segments, les renifle. Le goût acidulé explose dans ma bouche. J'en pèle une autre. Ça dégouline. Je me gave de sanguines avec un plaisir sauvage. Il ne les aimait pas. Il n'aimait pas les fruits exotiques, il détestait le changement et l'odeur du poisson. Il m'aimait, disait-il. Pour toujours

toujours toujours. Marcher en se tenant la main.
Vieillir ensemble. Tout.

J'ai perdu le pas gagné. Je suis restée enfermée toute
la journée dans l'hébétude et la fatigue accablante.
L'effrayante solitude de l'enfance remonte à la surface,
se mélange à celle de la vieille chienne. C'est la petite
otage qu'on tient serrée pour contrer l'angoisse, que
les autres oublient. J'ai peur de faiblir encore plus, de
m'effondrer, de ne plus me relever, de rester étendue
là, sur un lit, un trottoir.

*Je croyais qu'ensemble nous serions plus forts que nos
enfances meurtries. Je me suis trompée. À quoi t'as
pensé? Ça déchire la poitrine. Pourquoi t'as fait ça?
Pas de mots pour cette douleur.*

Quand j'entre dans le wagon, j'ai si mal au dos, soudain, que je pense à la crise cardiaque. Je me laisse
tomber sur la dernière banquette disponible, près
de la porte. Oui, et qu'on en finisse. Pas de réanima-
tion.

À l'arrêt suivant, un homme de mon âge entre. Il
tangue dangereusement, comme s'il était saoul, drogué

ou paraplégique. Quand le métro se remet en marche, il titube, se rattrape de justesse au poteau. Tous les passagers sauf moi font semblant de ne pas l'avoir remarqué. Il va tomber, c'est sûr.

Je me lève d'un coup, je n'ai plus mal au dos, envolée la douleur, je ne savais pas, une seconde avant, que j'allais poser ce geste, je m'approche de lui, il ne me voit pas, son corps est tourné dans l'autre direction.

Je touche son épaule, il pivote, son visage ravagé face au mien, je dis d'une voix forte, en lui désignant le banc vide, assoyez-vous monsieur ! Il me sourit, il lui manque deux dents, il dit *no thank you* et marmonne je ne sais quoi. Je retourne m'asseoir. Il me fixe, toujours accroché à son poteau, le lâche, s'approche en tanguant de plus belle, me demande *you speak English ?* Je fais signe que non, je ne veux pas entamer une conversation avec l'étranger. Lui, il retourne à son poteau, me regarde toujours avec intensité, et au moment où le train ralentit, il lance Bonne année ! Je lui souris, nous sourions ensemble à travers nos désastres, le métro s'arrête, il sort, disparaît.

tu m'as imposé la fin de l'amour
moi seule porte la peine
quelle sorte d'homme es-tu ?

En me réveillant, ce matin, j'ai su que j'avais rêvé de ma cabane au milieu du fleuve. L'odeur des algues, des rosiers sauvages et des résineux, le vol en formation des oiseaux de rivage, le chant des phoques gris, les délicates fougères du sous-bois, les bûches qui crépitent dans le poêle de fonte. Ma cabane dort, là-bas, sur le seuil entre le grand fleuve glacé et la vieille forêt. Elle m'attend sous la neige.

Toi, Éden, tu téléphones à l'école en prenant une voix un ton plus bas pour prévenir de ton absence prolongée. Une bronchite, dis-tu. Tu continues de quêter tous les jours, tu ne remarques pas que la vieille femme inuite est disparue. Tu traînes au centre commercial ou au snack-bar et tu rentres tard juste pour dormir. Tu ne parles plus à la mère, tu l'abandonnes à sa misère de femme saoule. Tu deviens rigide à l'intérieur, si fermée que tes dents grincent la nuit dans ton sommeil. Ton ventre s'arrondit à peine. Tu l'ignores. Tu es devenue un maigre zombie. Tu ne garderas aucun souvenir de cette période, je l'invente pour toi. Tu tends la main machinalement, sans remercier les passants, il reste si peu de vivant en toi. Il n'y a pas de mots pour cet état. C'est être au plus près de la mort avec un cœur qui bat, des jambes qui marchent. Tu ne souffres pas. Tu es gelée.

Cette nuit, la haine est montée d'un cran, je voulais l'appeler, hurler qu'il n'est qu'un salaud, un menteur, que la rage vient avec ce temps d'exil, sans un chez-moi où déposer mes bagages. Au petit matin, j'avais la bouche pleine de mots acides.

Non, je ne te remercie pas pour ces années menteuses. Vendons au plus vite notre maison, je ne prendrai pas grand-chose, je viendrai chercher mes objets fétiches en ton absence, je te laisserai le grand lit des amoureux, ses draps, sa courtepointe et plein d'autres encombrants qui me rappellent cette maudite illusion de l'amour.

Une femme spéléologue était descendue au plus profond de la terre pendant trois mois entiers. Elle voulait expérimenter les effets de la solitude extrême et de la noirceur totale sur l'être humain. Cette femme intrépide et curieuse avait l'habitude de ces cavernes où elle descendait fréquemment. Elle n'éprouvait aucune peur.

Au bout de quelques jours, des hallucinations se manifestent. Son cycle de sommeil est perturbé. Parfois elle s'assoupit quelques minutes et elle se réveille persuadée qu'elle a dormi une nuit entière. Elle observe ses réactions, prend des notes, le temps devient un non-temps, ses pensées dérivent, la peur surgit, lui tenaille le ventre, des monstres bougent dans l'obscurité. Elle tient bon. Elle est indomptable.

Et puis on la remonte, le temps de l'expérience scientifique est terminé. Le soleil l'éblouit. La présence des humains l'agresse et l'insupporte. Elle rentre chez elle, s'enferme. Elle a changé, elle est allée jusqu'à la marge de l'éternel silence, là-bas, dans son trou sous la terre, elle n'est plus capable de se réhabituer à cette vie d'en haut, à son vacarme, à sa lumière crue. Au bout de quelques semaines, elle se suicide. C'est une histoire vraie.

Le froid polaire reprend possession de la ville. Les fumées montent bien droites dans le ciel pétrifié. Je sors dans la froidure, je respire l'air glacé à travers mon foulard bleu cendre enroulé deux fois jusqu'aux yeux, je marche transie, je marche, je fais des courses pour la nourriture et le vin. Je suis seule à seule avec moi, cette vieille femme fêlée, hagarde. Mon monde s'est écroulé.

Les derniers jours avant le drame ressemblent au néant, aux limbes, à la toundra. Les tuyaux gèlent dans les canalisations, les fusibles sautent, l'électricité tombe en panne à tout moment. Les sans-abri sont sauvés in extremis par des patrouilleurs qui sillonnent les rues et, chaque nuit, les refuges sont bondés.

C'est pendant cet hiver arctique que nos destins se lient, Éden. Nous n'en savons rien encore. Nous vivons chacune pour soi l'effrayante solitude.

Le premier jour de mars, la *bag lady* reprend sa valise à roulettes, son cellulaire et son ordinateur portable, déménage dans un nouveau quartier. Cette fois, une autre amie me prête un pied-à-terre qu'elle n'utilisera pas avant l'été. J'ai maigri sans m'en rendre compte, mes cheveux passent du gris au blanc.

En entrant, je m'aperçois que le lieu est exigu. Je ne sais pas où me déposer, je renifle la table, le lit escamotable, la vaisselle, l'écran plat de la télé. Je note que la lumière circule peu dans le studio, que l'unique fenêtre donne sur une ruelle étroite et sans arbres. Je repars à la recherche d'un dépanneur, d'une fruiterie, d'un café sympathique. C'est un quartier effervescent et coloré, avec ses friperies, ses restos portugais, asiatiques, ses épiceries d'ailleurs, ses parfums mélangés. Pourtant, les passants déambulent comme des fantômes et les couleurs, les sons, les odeurs ne parviennent pas jusqu'à moi. Toujours cette solitude sans nom, l'affaissement, l'impossibilité de réorganiser ma vie, l'errance.

De lui, je n'ai aucune nouvelle, n'en désire pas non plus, notre maison ne se vend pas, je dois donc attendre, mais attendre quoi, sauf la fin improbable de cette douleur?

pendant l'automne, ton regard de serpent
ta morgue
tu n'existes pas, tu ne peux pas exister
l'homme que j'aime n'aurait pas lâché ma main

Du temps passe au compte-gouttes. L'appartement d'avant bascule dans l'oubli. Quelques miracles adviennent par hasard au milieu du chaos et de la folie, comme des têtes d'épingle scintillantes à la surface du globe terrestre. Une femme enfouie sous les ruines depuis dix-sept jours, là-bas, au Bangladesh, a été retrouvée vivante, les sauveteurs pleurent et rient à la fois. Ici, le soleil de mars annonce le printemps à venir, mais le froid perdure, la neige grise et compacte fond lentement, dévoilant la saleté des ruelles. Dans un autre pays, trois jeunes filles disparues depuis une décennie ont déjoué la surveillance de leur ravisseur et sont réapparues au grand jour. Une d'entre elles avait donné naissance à une petite fille. Ici, un jour à la fois, je marche jusqu'à l'épuisement, fais sauter les légumes, bois une rasade de vin rouge. Chaque nuit j'ouvre le lit escamotable, m'allonge sous les couvertures. Du temps passe.

Un matin, j'ouvre mon ordinateur et, dans la boîte de réception de mes courriels, je vois un message de Béatrice, à qui je n'ai pas parlé depuis que j'ai quitté mon travail et que je suis allée vivre avec lui dans un petit village du Nord. Cinq années déjà.

C'est elle, la travailleuse sociale qui m'avait recrutée pour tenter un atelier de création avec des adolescentes en garde fermée. Tu as carte blanche, Jeanne. Aide-les à s'exprimer, à explorer d'autres avenues que celle de la violence, à contenir leurs pulsions destructrices, à réparer leur image d'elle-même, à devenir de jeunes femmes capables d'aimer. Tous les outils de création sont bons.

Béatrice a appris que je suis de retour en ville. Elle veut me rencontrer. On prend rendez-vous dans deux jours.

Quand j'étais cette très jeune femme errant sur les routes d'Europe avec un couteau dans son sac à dos, et que je faisais de l'auto-stop dans n'importe quelle direction, je croyais que les humains dansaient leur vie en solitaires, que les rencontres étaient brèves et sans suite, que la vie était comme ça, et les personnes.

Quand je l'ai rencontré, lui, je n'espérais rien des autres. Peu à peu, il s'est approché de moi avec la patience du chasseur, il a conjuré le mauvais sort.

Maintenant, alors que je dors seule dans ma nuit, parfois, quand l'angoisse me réveille et irradie à partir de la poitrine, je prends ma main gauche dans ma main droite, je la caresse avec le pouce et je murmure je t'aime. Je mens.

Béatrice, assise sur une banquette au fond du café, me fait de grands signes de la main. Je la rejoins. Elle n'a pas changé, toujours aussi resplendissante et vive qu'un cheval fougueux, et elle n'y va pas par quatre chemins.

— Je veux te parler d'une jeune fille que tu peux aider.

— Tu ne me demandes pas comment je vais.

— Tu as maigri. Tu as blanchi, avec quelques rides en plus. Et alors ? J'ai besoin de toi.

— Béatrice, quand j'ai arrêté de donner l'atelier de création, je ne voulais plus m'occuper de ces adolescentes qu'on peine à réhabiliter convenablement, qu'on lâche dans la nature à leur majorité. Et puis je suis incapable de travailler en ce moment. Il a rompu, tu sais. Il m'a brisée.

Elle ne m'écoute pas. Béatrice est une urgentiste qui éteint des feux. Le reste… Que les autres s'arrangent avec leurs états d'âme.

— Tu étais la meilleure enseignante, toutes disciplines confondues, que j'ai vue passer au centre, même si je n'ai jamais vraiment compris comment tu t'y prenais avec les filles. La jeune a quinze ans. En février, elle a accouché d'un bébé prématuré. Elle s'en est débarrassée en l'abandonnant dans un parc, alors

qu'il faisait moins 20. Malgré des circonstances atté-
nuantes, plusieurs chefs d'accusation ont été déposés
contre elle, dont le plus grave est celui d'infanticide.

— Arrête, Béatrice.

— Le juge a décidé de l'envoyer d'abord en évalua-
tion psychiatrique. Normalement, elle aurait pu ensuite
retourner chez ses parents en attendant son jugement,
selon certaines conditions. Mais ce n'est pas possible.
La mère est inapte. Ça fait un mois que la jeune a été
placée en centre jeunesse fermé. Elle n'a pas ouvert la
bouche depuis qu'elle est arrivée là-bas. Elle retournera
devant le juge seulement à l'automne pour connaître sa
sentence. Tiens, regarde.

— Non.

Trop tard. Elle me met sous le nez une photographie.

C'est impossible.

Je saisis l'image, la fixe un instant.

C'est impossible et pourtant c'est bien toi, la jeune
quêteuse du métro. Je reconnais ta chevelure ébourif-
fée, ton visage pointu, tes lèvres minces, mais pas ton
regard éteint. Je n'en dis rien à Béatrice, qui continue
à me pousser dans mes retranchements.

— À toi elle parlera.

— Tu te trompes. Je n'ai rien à donner.

Pendant la nuit, ma cabane est réapparue. Son odeur
de cèdre blanc, la table près de la fenêtre et, de l'autre

côté, après le talus et les crans, la masse mouvante
du grand fleuve. Au réveil, j'entends un chat miauler
dans la ruelle. Je me lève, ouvre les rideaux opaques.
Le chat gris saute sur le rebord de la fenêtre. Il ressemble comme un frère à ma vieille chatte que j'ai enterrée près de la roche de granit au fond du jardin.
J'aimais tant plonger la main dans sa fourrure tiède. Je
referme les rideaux, cours me cacher sous les couvertures. Va-t'en. Va-t'en !

*Je ne cherche pas à garder en mémoire ton visage, ni le
timbre de ta voix, encore moins la texture de ta peau.
Un par un, chaque souvenir bascule au ralenti, s'arrête
un instant, dégringole.*

*La rage viendra quand je te croiserai par hasard
dans la rue, accompagné d'une femme neuve à qui tu
tiendras la main, à qui tu répéteras en boucle les mêmes
douces paroles.*

Béatrice n'est pas du genre à lâcher prise. Elle m'écrit
des courriels, me téléphone, m'engueule, me secoue.

— Tu te vautres dans ton chagrin, tu penses que
tu es la personne la plus malheureuse de l'univers.
Réveille ! Ça va te faire du bien d'aider cette fille, ça
va te sauver, Jeanne. Ton matériel est encore dans
des boîtes, ils ont tout gardé là-bas. En ce moment,

on n'utilise pas la pièce où tu donnais l'atelier. Essaie !
Juste pour deux mois ! Après, on réévaluera.

— Deux mois, ce n'est pas suffisant pour l'aider.

— C'est mieux que rien. Et pour elle et pour toi.

— Je peux m'écrouler à tout moment. Son cas est
trop difficile. Trouve quelqu'un d'autre.

— Toi seule peux lui redonner la parole.

— Pour l'instant, ce n'est pas le plus important.

— Ah non ? Alors qu'est-ce que c'est ?

— La sécurité, la protection, des outils pour jouer.

— Très bien. Tu commences quand ?

— Lâche-moi.

Je me refuse à te prendre en charge. Je ne veux rien
savoir de toi, la jeune meurtrière. Je continue de marcher chaque jour parce que marcher, c'est forcer le
corps à avancer, et que peut-être mon corps va aider
mon âme meurtrie à comprendre qu'elle aussi doit
avancer, laisser derrière elle son amour en ruine. Ne te
retourne pas, vieille chienne.

Je traîne maintenant mon appareil photo dans ma
poche, je cherche mollement des signes de printemps,
n'en décèle aucun, photographie des bouts de mur,
des ruelles sales. Le froid s'obstine, aujourd'hui une
neige lourde tombe et fond en touchant le sol, dernier sursaut de l'hiver maudit. J'entre dans un café
bruyant, commande un *americano* et regarde mes
images une à une, du gris, des palissades, des murs

charbon et ocre rouge, des graffitis obscènes, *fuck, fuck, fuck you.* Je supprime les photos.

Chaque matin, l'odeur du café me réconforte. Je suis en sécurité dans ce studio étriqué. Mais cette vie, pour qui? Pour quoi? Qu'est-ce qui va m'animer? Qui va m'aimer?

En fin d'avant-midi, impossible de leurrer la douleur, je bois du vin au goulot, ouvre la télé. Bientôt, je me couche en chien de fusil sur le lit escamotable, ramène la couverture sur moi. J'ai mal au cœur et toute force m'a quittée.

Au téléphone, Béatrice m'annonce que ton état empire, tu manges à peine, on doit t'obliger à prendre une douche, et si une éducatrice essaie de t'approcher, tu sursautes, te raidis et montres les dents comme un animal pris au piège.

— Elle s'enfonce, Jeanne. Et si elle ne collabore pas, n'améliore pas son comportement, le juge en tiendra compte et la sentence sera d'autant plus sévère.

J'entends ma voix lui répondre qu'à l'atelier on doit pouvoir laisser tous les outils accessibles. Je ne peux pas croire ce que je viens de lui dire. Tais-toi! Et j'ajoute que personne d'autre que la jeune fille et moi ne viendra toucher ou regarder les objets qu'on fabriquera.

— En plus de mon barda, je veux de l'argile, un rouleau de papier, un budget pour le matériel. Et je ne suis pas du tout certaine que ça va marcher entre elle et moi. Je ne promets rien.

J'entends Béatrice prendre une profonde respiration. J'imagine son sourire de triomphe. Un autre problème de réglé. Au suivant.

— Exagère pas, Jeanne. Débrouille-toi avec peu.

— Je viendrai deux fois par semaine, dis-je en pensant dans quoi tu t'embarques, vieille folle, t'es pas capable.

— Tu seras payée une somme ridicule pour un atelier d'une heure. Si tu veux venir plus souvent, c'est bénévole.

— Je sais.

Hier, pour la première fois depuis des mois, un homme m'a touchée. L'ostéopathe a commencé par me tirer doucement les pieds, a exercé des pressions sur mes chevilles, ma nuque. À un moment, mes mâchoires se sont mises à trembler toutes seules et de petits spasmes se produisaient ici et là dans mon corps. Tout à coup, une grande goulée d'air, bouche ouverte, comme un noyé qui se met à respirer.

— Jeanne, voici Éden. Éden, voici Jeanne.

Tes cheveux en broussaille te tombent sur les yeux, tu ne lèves pas la tête, ne me vois pas. Tu es menue et très pâle, les lèvres scellées. Un jeans, un kangourou, des souliers de course. Béatrice nous observe un moment.

— Bon, dit-elle, je vous laisse.

Et elle sort de la pièce qu'ici on appelle pompeusement l'atelier d'arts plastiques, referme la porte derrière elle. En réalité, c'est un local anonyme et poussiéreux, avec du grillage aux fenêtres, quelques vieux chevalets bancals, des tabourets, une grande table de bois, un lavabo, un tableau noir, un cagibi, une longue étagère nue. Des posters et des dessins maladroits sont punaisés au mur. Mes boîtes sont empilées dans un coin.

Tu restes debout au milieu du plancher de terrazzo, attendant, quoi? Que je t'amène par la main jusqu'à ce tabouret près de la table? Que je te pardonne ton crime? Que je te fiche la paix? Aujourd'hui, je ne t'aime pas, Éden. Je regrette ma décision. Je veux m'en aller, me réfugier sous les couvertures.

Je me tourne vers le lavabo, je rince et tords deux chiffons, je t'en présente un. Tu ne réagis pas. Je le dépose à tes pieds. J'ai apporté un produit nettoyant à l'odeur de citron et j'en imbibe le linge, commence à nettoyer la table. Je rince le chiffon noirci. Je nettoie les tabourets, au nombre de six. Les chevalets. Je décide finalement de parler à l'enfant sauvage derrière moi, sans te regarder, bien sûr. C'est comme avec les chiens.

Si un chien ne veut pas de contact, c'est impoli de le fixer dans les yeux.

— Ce local nous appartient pour deux mois, dis-je d'une voix que je veux calme. J'aime enlever l'odeur des autres d'avant nous, c'est une manière de s'approprier le territoire. D'ailleurs, je me demande si on ne devrait pas repeindre les murs. Oui, je vais demander un gallon de peinture. Si tu aimes une couleur en particulier, tu me diras ?

Je retourne au lavabo, nettoie le linge à l'eau tiède, le tords. Me dirige vers la porte qu'on a fermée à clé de l'extérieur. Je frotte la poignée quand j'entends un léger mouvement derrière moi. Je me retourne à demi. Tu t'es agenouillée. Tu frottes le plancher, essayant d'enlever les taches de peinture.

Ton obéissance m'étonne. On continue comme ça sans parler, à récurer, frotter, rincer, à enlever les objets inutiles, à les ranger dans un coin. Mettre à nu, à ras.

La porte s'ouvre brusquement. Une intervenante avance d'un pas dans la pièce, son trousseau de clés à la main.

— L'atelier est terminé, dit-elle.

J'ai supprimé les photos que j'ai prises de toi et celle de nous deux où tu souris à l'objectif, où tu as passé ton bras derrière mon dos, où j'appuie légèrement ma tête contre ton épaule. Juste avant de l'effacer, j'ai regardé longuement cette femme que j'ai été, que je ne serai plus.

J'ai supprimé tes courriels qui commençaient par mon aimée et se terminaient par tu me manques telle-ment. À force de me délester de toi, je me déleste aussi de moi. La grande absurdité gagne du terrain.

La plupart des meubles ont été enlevés à ma demande. Restent deux chevalets, deux tabourets, la grande table de bois. Les dessins et les posters ont disparu. Au fond de l'atelier, j'ai vidé le contenu de mes boîtes sur la longue étagère. Aujourd'hui, je te présente des outils variés. De la gouache, des pinceaux et des gobelets, des pastels, des crayons, des feuilles de papier aux dimensions diverses, des cahiers, de l'argile dans son sac de plastique humide. Tu ne touches à rien. Tu vas t'asseoir par terre, le dos contre le mur, le capuchon de ton kangourou rabattu. Tu replies les genoux contre ton ventre, y déposes la tête sur tes bras.

Je ne sais pas quoi faire. Alors je reste tranquille. Plus tard, je sors de mon sac à dos un carnet de croquis et des crayons de plomb et m'assois devant toi, à distance. Je regarde ton corps penché, l'amas de cheveux, les mains surtout, agrippées à tes genoux, tes épaules ramassées et je fais une esquisse de tes mains aux doigts effilés, repliés comme des serres. Mon tracé est maladroit, je suis rouillée après toutes ces années sans dessiner. J'arrache la page du carnet, la dépose près de toi, au sol. Je retourne m'asseoir plus loin. J'ai des choses importantes à te dire et elles doivent l'être dès le début de notre travail.

— Éden, j'ai lu ton dossier. Ta mère est monoparentale. Elle est aussi alcoolique. Tu as une grande sœur et un grand frère autonomes. Ta petite sœur a été placée dans une famille d'accueil. Tu as accouché toute seule d'un bébé prématuré. Tu l'as abandonné dehors dans le froid et il est mort. Tu es en attente de ton jugement. Tu ne parles pas. Voilà tout ce que je sais de toi. Et aussi je me rappelle ta détermination, ce jour-là, au métro. Tu m'avais aidée alors que je vacillais. Tu te souviens de moi?

Tu ne bouges pas, respires à peine. Mais je veux croire que tu m'as reconnue. Je continue.

— J'ai déjà travaillé avec des jeunes, ici, dans cette pièce. Je leur proposais des outils de création. Le dessin, l'écriture, la musique, la danse, tout ce qu'on pouvait utiliser pour s'exprimer. On m'a demandé de t'aider de cette manière et j'ai accepté. À toi de voir si tu veux jouer avec moi.

Tu te recroquevilles encore plus, tu ressembles à une pierre, à un fossile. Je dessine ce que je vois, une fille-fossile. Plus tard, tes mains se relâchent. Je dessine ça aussi, tes mains entrouvertes.

Je ne vois pas de porte dérobée par laquelle je pourrais me faufiler pour te rejoindre. Je n'ai pas d'attentes non plus. Entre les journées d'atelier, je retourne à ma vie solitaire, je ne suis pas à la recherche d'astuces pour t'amener à parler, moi qui ne parle plus en vrai à mes amies parce qu'elles ne comprennent rien à cet enfermement dans la douleur, elles me voudraient guérie tout de suite de ce chagrin encombrant, ou alors discrète, pudique et de bonne humeur. Elles ne perçoivent pas la fragilité du lien que j'entretiens avec le monde extérieur. Moi aussi, je m'isole, Éden.

Ce matin, j'arrive la première à l'atelier. Sur le sol, près de la porte, on a déposé pour nous un gallon de peinture blanche, un rouleau et son bâton, deux gros pinceaux et un escabeau.

Je marche directement jusqu'à l'étagère du fond, prends une de mes boîtes contenant des retailles de bois en tout genre, cubes, arches, cylindres, cônes, planchettes, des formes en triangle, n'importe quoi. Je jette pêle-mêle tout le stock sur le plancher. Je m'agenouille, choisis vite quelques blocs, je construis une tour chancelante.

Tu arrives, te plantes devant ma tour, et je dis à voix haute que la tour me ressemble.

— Je suis vieille, je manque d'équilibre, je suis sur le bord de tomber, mais je ne tombe pas. Et pour m'aider à tenir debout, je vais placer quelques morceaux supplémentaires à la base. Comme ça.

Je joins le geste à la parole et toi tu m'écoutes, j'en suis certaine. Tu observes longuement ma tour bancale.

J'apprécie ta lenteur, nous sommes dans un lieu où le temps n'a pas la même consistance, ni le même déroulement qu'ailleurs, un temps en apnée, suspendu. Je pense que tu le ressens, toi aussi. Je me relève et m'éloigne.

Tu t'agenouilles à ton tour, happes quelques morceaux et tu élèves quatre murs bas, comme un enclos. Tu acceptes donc de jouer avec moi? Les battements de mon cœur accélèrent légèrement. Tu ajoutes des planchettes sur le dessus, tu fabriques un toit plat. Tu ajoutes encore d'autres morceaux sur le dessus et sur les côtés comme si tu doublais les murs et le toit.

— Tu as construit une forteresse imprenable, on dirait… Bon. Nous avons reçu de la peinture blanche pour les murs. Tu m'aides?

Nous laissons là nos constructions. Une forteresse sans porte d'entrée et une tour qui s'écroule. Voilà à quoi nous ressemblons ce matin. Je me dis que, la prochaine fois, j'apporterai mon appareil photo pour garder en mémoire nos constructions éphémères.

Je brasse la peinture avec un bâton. Tu vas jusqu'à l'étagère et reviens avec un gobelet de plastique que tu me tends, j'y verse du blanc. Tu choisis un pinceau et commences le découpage autour de la porte.

Sur Internet, les nuits d'insomnie, il m'arrive de regarder des histoires d'animaux héroïques qui sauvent des enfants, d'autres histoires qui parlent d'abandons cruels et de sévices envers les bêtes, d'autres qui racontent les retrouvailles entre maîtres et chiens perdus.

Deux vieux éléphants aux oreilles déchirées, à la peau crevassée, se retrouvent après des années de séparation. Dans leur jeunesse, ils déambulaient dans la même harde, sous la conduite de leur matriarche. Puis ils avaient été capturés, l'un avait passé toute sa vie d'adulte à transporter de lourdes charges, pendant que l'autre, sous le chapiteau d'un cirque ambulant, s'agenouillait devant un dompteur exigeant. Maintenant qu'ils sont devenus trop vieux pour travailler, leurs maîtres ne veulent plus d'eux.

Quand ils s'aperçoivent de loin, dans ce refuge pour les vieux éléphants, ils s'avancent l'un vers l'autre de leur pas lourd de pachydermes, hésitent, pointent leur trompe, hument et effleurent l'autre. Quand ils se rejoignent enfin, leurs trompes s'enroulent et se déroulent, ils marchent collés l'un contre l'autre, flanc à flanc. Les vieux amis débordent de tendresse l'un envers l'autre. Ils ne sont plus seuls.

Les murs de l'atelier sont maintenant d'un blanc mat, l'espace en paraît plus grand, on respire mieux. J'ai déniché quelques pots de *terracotta* et un sac de terre, j'ai acheté une enveloppe de semences de haricots, et nous avons creusé dans la terre de petits trous de deux pouces, enfoui les fèves. Les pots sont alignés sur le rebord des fenêtres grillagées et je t'ai nommée préposée à l'arrosage. Un peu de vie qui pousse ne nous fera pas de tort. Nous continuons à ériger des tours vacillantes et des bunkers épais. À la fin de chaque atelier, je photographie nos constructions et stocke les images dans mon ordinateur. Je crois que nous avançons à tâtons l'une à côté de l'autre et l'une vers l'autre. Nous sommes dans la lenteur. Les haricots ne germeront pas avant deux semaines.

Je suis allée à la bibliothèque. J'ai choisi quelques livres et me suis assise près des grandes fenêtres. J'ai lu des histoires de mères harassées, de mères adolescentes, de filles violées qui ne voulaient pas de l'enfant du violeur. J'ai appris que les femmes qui tuent leur nouveau-né accouchent seules, toujours. Le travail se fait rapidement, les poussées sont violentes et l'accouchement brutal. Souvent ces femmes voulaient ignorer leur grossesse. Tout va trop vite, et pour survivre à ce choc, en panique, elles font disparaître le bébé. Abracadabra! Comme si ce bébé n'était pas un enfant mais un encombrement.

Mais je n'apprends rien qui peut m'aider à t'aider, toi. N'aie pas peur, je ne te brusquerai pas. Je te laisserai jouer, permissive et protectrice à la fois. Tu seras en sécurité en ma compagnie. Mais te donner de l'espoir? J'en suis incapable. Et pourtant, il en faut.

En pleine nuit, je me réveille avec l'image de mon amour mort que je porte seule, comme on porte le cadavre d'un enfant et qu'on lui cherche une sépulture. Je me rendors. Au matin, quand j'ouvre les rideaux opaques, je m'aperçois que, dans la ruelle, un arbuste chétif donne à voir quelques petites feuilles tendres. Je m'habille et sors dans la rue, oui, toutes les branches d'arbres sont recouvertes d'une mousse verte et fluorescente, fragile, fragile, le printemps est arrivé à l'improviste pendant la nuit. Je marche longtemps dans sa tiédeur, je pense à toi, Éden, je me demande si un arbre ouvre ses bourgeons dans la cour entourée d'une haute clôture de broche, là où tu vis.

Aujourd'hui, à l'atelier, ma tour écroulée et ta casemate cadenassée me consternent. Je sors le bloc d'argile de son sac de plastique, le dépose sur la table et en coupe deux morceaux à l'aide d'un fil de nylon. Je ne t'explique rien et me retire à un bout de la table. Je m'assois sur un tabouret, triture l'argile, je ne sais pas quoi faire avec, je ne sais plus où aller puiser en moi les images et les formes, comment une femme aussi perdue peut-elle t'insuffler une vitalité qu'elle n'a pas ?

Toi, tu n'aimes pas ce matériau. Je te vois hésiter, effleurer du doigt la matière humide et visqueuse comme de la boue épaisse. Tu croises les bras, abandonnes la partie.

Je pétris la terre machinalement, une forme apparaît lentement dans mes mains, une femme couchée, bras et jambes ballants, épuisée d'avoir trop marché à travers son froid désert. Je veux la déposer sur la table, elle est molle et sans tonus, je l'échappe, elle tombe par terre, se délite, les membres séparés du tronc, la tête arrachée.

Tu te lèves aussitôt, viens vers la figurine en morceaux, les ramasses. Tu les déposes avec précaution sur la table devant moi. Tu restes là, à mes côtés. Je dois poursuivre mais comment ? Tu me fixes avec intensité. Mais que veux-tu à la fin ? Une mère courage ? Je ne peux pas ! Depuis qu'il m'a quittée, je suis sans force.

Je reprends la terre glaise, la pétris à nouveau. Je ne sais tellement rien.

Peu à peu émerge une forme rudimentaire qui ressemble à une coupe, un panier.

J'y dépose la femme en miettes.

Je décide de te raconter l'histoire des vieux éléphants.

Je me lasse définitivement de mes tours branlantes et de tes bunkers. Je laisse les retailles de bois tranquilles dans leur boîte et, à la place, je sors deux grandes feuilles de papier kraft et des crayons de couleur. On va inventer des mandalas, dis-je. Et je t'explique que le mandala est un cercle sacré qui représente le tout, et que nous, on va jouer à dessiner un mandala qui nous représente. D'abord, tu traces un grand cercle sur le papier, oui, comme ça. Ne réfléchis pas. Barbouille, laisse ton crayon vagabonder à sa guise. Mais tu dois rester à l'intérieur du cercle, n'en déborde jamais.

Je griffonne à l'intérieur de mon propre cercle, je laisse ma main me guider, je vais très vite, plus vite que le raisonnable, que la pensée, je ne regarde pas dans ta direction, mais je sais que de ton côté tu travailles avec intensité, j'entends le grincement de ton crayon, le bruit de la mine cassée. Vas-y, crache toute la douleur, toute la violence à l'intérieur de ton cercle sacré.

Lorsque j'arrête, mon mandala ressemble au désert, évidemment, un soleil minuscule loin dans le ciel vide et une toundra de pierres en bas. Une ligne de séparation bien nette entre le haut et le bas, en plein milieu.

Toi, tu as rempli à ras bord ton grand cercle de lignes noires horizontales, tu as tracé et repassé par-dessus tes lignes avec détermination, en strates, jusqu'à l'obscurité complète. Pas un seul interstice par où la lumière pourrait traverser. Une lune noire, ton avenir devant toi, bouché.

— Nous n'allons pas bien, dis-je. Mais nous ne mentons pas. Et si on travaillait à cet autoportrait grandeur nature dont je t'ai parlé la dernière fois? Non? Non. Lire alors, viens. J'ai apporté des albums, des livres d'art pour nous deux. On va regarder les couleurs, d'accord? On va se remplir l'esprit de couleurs vitaminées.

Nous sommes presque mortes, mais notre atelier, lui, est bel et bien vivant.

Ça traîne au sol.

On a les mains sales.

On n'essaie pas d'être heureuses.

On est juste vraies.

Deux égarées.

Tu as été amoureux de longues années. Tu es passé de l'état amoureux à rien. Ce n'était pas mon parcours. Tu brûlais. Je creusais.

Ça gronde en moi. Ça veut détruire.

Après les mandalas du matin qui prennent du temps, car nous dessinons en grand et en détail, où tu t'obstines à raturer de noir jusqu'à l'opacité totale ton cercle magique, où je dessine des déserts pierreux et des ciels inhumains, nous sommes un peu déboussolées, effrayées, et la plupart du temps j'ai pris l'habitude de te raconter ensuite une histoire de réparation mettant en scène des animaux, comme aujourd'hui celle de Christian le lion adulte retourné à la vie sauvage et qui retrouve ses anciens maîtres, du temps où il était petit et orphelin.

Je sais que tu aimes mes histoires d'animaux, car derrière tes cheveux sales, tes yeux s'animent et tu oublies de bloquer tes mâchoires. Pour ce moment, nous sommes assises par terre, face à face. J'apporte maintenant mon ordinateur portable et, après le récit, jamais avant, je t'en montre la preuve vidéo puisque l'histoire est véridique. Nous avons regardé Christian au moins dix fois de suite. Je dis : encore ? Un hochement de tête à peine perceptible et on visionne à nouveau la course effrénée du roi lion, nous ressentons la peur, est-il devenu une bête féroce, va-t-il les attaquer ? Et le moment incroyable où Christian freine à la dernière minute, se lève sur ses pattes postérieures, pose ses pattes de devant sur les épaules graciles de la femme et qui, au lieu de la tuer d'un coup de griffes, la prend dans ses pattes pour mieux l'embrasser et frotter sa grosse tête de lion contre sa poitrine.

Encore une fois ? Oui, encore et encore.

Je me dis qu'à l'atelier ça manque d'espace, de chlorophylle et de vent fou sur la peau. Je me demande si Béatrice serait d'accord pour te laisser sortir avec moi hors des murs de ta prison.

Toutes les photos de nous deux assassinées, le foulard bleu cendre en lambeaux, les souvenirs heureux extirpés. Qu'est-ce que je peux détruire de plus ?

Je n'ai gardé que le couteau pour séparer le toi du moi, je retranche nos années de vie commune.

Est-ce qu'on trouve, à la fin, dans la non-espérance, un désir ?

Aujourd'hui, après nos mandalas sans vie et sans lumière, je sors de mon sac une bouteille de shampoing, une grande serviette de ratine rose et une brosse à cheveux.

— Tes cheveux sont repoussants, dis-je. Et emmêlés. Si tu les brossais pour voir?

Je sens une légère tension dans l'air.

— Veux-tu que je le fasse pour toi?

Tu ne bouges pas, ne te rétractes pas non plus. Tu es toujours si docile avec moi, acceptant les exercices que je te propose, avec, me semble-t-il, une certaine curiosité. Cette fois, c'est plus dangereux. Je t'invite à t'asseoir sur le tabouret, là, près du lavabo. Tes cheveux sont vraiment dégoûtants, peut-être as-tu des poux, non, sans quoi on t'aurait imposé un traitement pour que tu ne contamines pas les autres filles. Je me place debout derrière toi, prends doucement une couette, commence à la brosser. Ça tire. Impossible de démêler ta tignasse.

— Il faut les couper. Ça va te faire trop mal.

Tu ne réagis pas. Je sors de mon sac un objet défendu. Des ciseaux à bouts pointus.

— Tu me permets?

Ton corps tressaille légèrement. Je reprends la couette, coupe doucement, un bruit de soie déchirée. Je continue, je sens ton corps fébrile, ta peur d'enfant sauvage, mais tu me laisses travailler. Tes cheveux tombent au sol, une mèche à la fois, je tourne lentement autour de toi. Je fais attention à ne pas te toucher. Juste les cheveux. Lorsque j'arrive devant ton visage, j'hésite un instant. Si je coupe la frange, tu ne pourras plus te réfugier derrière ta chevelure, on verra ton visage à nu. J'approche très doucement les ciseaux.

Un éclair de métal. Tu as saisi les ciseaux par les pointes, tu bondis, te réfugies contre le mur, ta crinière à moitié décimée, ton corps agité de soubresauts.

— Éden ! Non !

Tu diriges les ciseaux vers moi à la manière d'un poignard.

— Je suis désolée, Éden, je n'aurais pas dû. Calme-toi. Je ne suis pas ton ennemie.

Je m'assois lentement sur le sol, les mains levées en signe d'apaisement. Tu reprends les ciseaux par la poignée, saisis une de tes mèches, coupes.

— Attention à tes yeux !

Tu coupes encore, n'importe comment. Tu dégages ton visage, tu as de magnifiques yeux noirs, un regard affolé, un regard qui tressaute, va de moi à la porte, au mur devant toi, et tu coupes, coupes, un frémissement de soie qu'on lacère.

— C'est assez, dis-je d'une voix qui vacille. Donne-moi les ciseaux. Pardonne-moi, Éden, j'ai voulu aller trop vite, je voulais te faire du bien, je…

Tu lances à la volée les ciseaux sur le sol entre toi et moi. Je marche à quatre pattes, les happe, et toi, tu cours vers le lavabo, ouvres le robinet, tu t'asperges la tête, verses du shampoing dans ta main et savonnes avec rudesse ton cuir chevelu. Tu rinces. Tu recommences. Tu prends ensuite la serviette, étrilles tes cheveux.

Tu ressembles à une guerrière, soudain. Tu me regardes en pleine face, les yeux étincelants, la bouche tordue de colère, farouche, indomptable.

Depuis l'épisode des ciseaux pointus, tu refuses toujours de toucher à la gouache et à la terre glaise. Tu te méfies des matériaux mouillés, visqueux, coulants. Tu ne souris jamais. Tu refuses aussi mes propositions de danser, d'écrire tes rêves de nuit, d'écrire un journal secret. Tu as peur de remuer trop de boue, n'est-ce pas ? Moi aussi, j'ai cette crainte en moi.

Mais parfois tu oublies une ligne noire, et un mince rai de lumière apparaît entre tes ratures. Tes cheveux barbares poussent dans toutes les directions, tu as pris un peu de poids, il paraît que tu fais moins de cauchemars et, surtout, tes grands yeux noirs observent et scrutent, tu es curieuse de ce qui se passe ici, entre nous deux, je le sens.

Ce que tu préfères, ce sont mes histoires d'animaux. Je travaille fort à en dénicher de nouvelles, je fouille dans les livres, dans les albums, sur la Toile. Je t'ai offert une doudou de polar bleu pour les moments bouleversants. Tu as aussi commencé à utiliser mon appareil photo, c'est toi maintenant qui stockes de petites mémoires de nos œuvres éphémères, et chaque matin tu photographies nos tiges de haricots qui s'agrippent au grillage et s'élancent vers le soleil.

Brusquement, les huit semaines tirent à leur fin, dehors, l'été s'est installé, les grands érables ombragent les rues de la ville, on n'a pas vu le printemps passer. Ce matin, avant l'atelier, Béatrice passe en coup de vent au local d'arts plastiques.

— Éden ne parle toujours pas. Qu'est-ce qu'on fait à partir de maintenant, Jeanne? As-tu une idée?

— Tu m'as dit que normalement elle aurait pu retourner chez ses parents en attente du jugement.

— En effet. Elle ne représente aucun danger pour la société. Mais c'est impossible, la mère…

— Oui, je sais. Débrouille-toi pour que je devienne une famille d'accueil pendant l'été.

— Toi? Mais c'est impossible. Tu ne fais pas partie de ses proches! Il faudrait retourner devant le juge, c'est trop tôt!

— Va le voir. Dis-lui que j'ai établi une relation significative avec Éden, que nous travaillons fort, qu'elle progresse. Raconte-lui n'importe quoi. Convaincs-le. Je m'en vais dans ma cabane au milieu du fleuve et je veux emmener Éden là-bas. Il faut qu'on aille jouer dehors, nous deux.

L'ÎLE

Béatrice a pris une journée de congé pour venir nous reconduire, cinq heures de route plus un arrêt pour nos provisions. Nous arrivons au quai à la dernière minute et, toutes les trois, nous transbordons les bagages, les bidons d'eau et les boîtes de provisions dans le traversier. Ici, le ciel est couvert, un nordet s'est levé, annonciateur de mauvais temps, la température a chuté.

Après de brèves salutations — tu m'appelles, Jeanne, pour me donner de vos nouvelles —, Béatrice, frissonnante, claque sa portière et repart dans l'autre sens. Le vieux traversier recule le long du quai, se place au milieu du chenal balisé par de jeunes épinettes fichées dans la vase et repart dans la grisaille en direction de l'île. Nous allons nous réfugier dans la cabine des passagers, où un insulaire s'est déjà installé avec deux grandes boîtes de carton remplies de jeunes poules caquetantes. Nous remplaçons nos sandales par des bas chauds et des bottes de caoutchouc, nous ajoutons un chandail et un imperméable par-dessus nos vêtements d'été. J'échange avec l'insulaire quelques paroles à propos des poules pondeuses, du froid qui perdure, des potagers qui ne lèvent pas.

À mi-distance entre l'île et la terre ferme, les vagues prennent de l'ampleur et roulent, le traversier tangue, et toi, Éden, tu peines à rester debout. Tu sors de ton sac à dos mon appareil photo que je t'ai prêté pour l'été et tu essaies de cadrer l'île fantôme qui joue à cache-cache avec le brouillard.

Au quai de l'île, l'insulaire nous offre de venir nous reconduire dans son pick-up, je m'assois à la place du passager et toi dans la boîte de la camionnette avec les bagages et les poules. Deux kilomètres plus loin, il nous laisse à l'entrée du sentier forestier et toutes les deux nous faisons plusieurs allers-retours entre le chemin de l'île et la cabane, chargées de boîtes et de sacs. Il reste juste assez de lumière pour que nous distinguions l'étroit sentier qui louvoie à travers la forêt. Au dernier voyage, la pluie se met à tomber dru.

Quand tous nos effets se retrouvent au sec et qu'on suspend nos imperméables aux crochets près de l'entrée, il fait déjà sombre à l'intérieur. J'ouvre l'onduleur du petit système solaire, allume une lampe et j'ouvre la porte de la grande armoire pour y caser nos affaires. Devant moi, ses vêtements de travail à lui sont pliés et rangés sur la tablette du haut. Son odeur encore perceptible. Chaque été, il venait me rejoindre dans mon refuge.

Je happe les vêtements, les laisse tomber par terre. J'attrape un sac-poubelle dans le coin cuisine, y flanque chandails, t-shirts, jeans, chemise à carreaux, fais un nœud, le sors dehors près de la porte, sous la pluie battante. Demain matin, je marcherai jusqu'à la gravière, je jetterai le sac dans la benne à ordures.

Si j'étais seule, les larmes gagneraient la bataille, mais tu es toujours plantée au milieu de l'espace, attendant que je me ressaisisse. Alors, je prends un torchon dans l'armoire, l'humecte avec un peu d'eau du bidon, marche jusqu'au petit poêle de fonte, au fond de la cabane.

— Approche, Éden, je te montre comment allumer un feu. D'abord vider les cendres. Ensuite, nettoyer la vitre de la porte avec le chiffon. Tu prends du papier journal bouchonné, le déposes à l'intérieur du poêle, ajoutes quelques morceaux de carton, du bois d'allumage et, par-dessus cet assemblage, tu places une bûche fendue. Pas trop grosse, la première bûche.

Je frotte une allumette, le papier s'enflamme, puis le petit bois. Quand le feu est pris, je referme la porte, vérifie que le loquet est bien enclenché et je laisse la petite trappe ouverte pour que l'air circule.

— Regarde la flamme danser, écoute le crépitement du feu. Nous n'aurons pas froid cette nuit.

Après que nous avons rangé les provisions et nos vêtements, que je t'ai montré le chemin de la toilette sèche avec une lampe de poche, j'ai fait griller sur le rond du poêle des tranches de pain qu'on a tartinées de beurre d'arachide fondant. Nous avons déroulé nos sacs de couchage, tu t'es allongée dans le coin près du feu, et moi sur le grand futon. Tu t'es endormie tout de suite, moi non. Je veille.

La flamme valse sur les murs de ma cabane, construite sur un seuil entre la forêt de conifères et le fleuve-mer. Pas de superflu ici. En plus du futon, un étroit matelas mousse pour la visite, une radio à piles, deux prises de courant, une pour l'ordi et l'autre pour une lampe de chevet. Du bois de chauffage cordé contre le mur nord-est, une table, deux chaises, le poêle à bois ventru à pattes de lion, un comptoir de cuisine rudimentaire, un tapis de jute près de la porte pour y laisser les bottes, une armoire fourre-tout. Un seul luxe dans mon lieu austère : trois grandes fenêtres côté fleuve et une autre côté forêt.

Dans la nuit je me relève pour ajouter une bûche, le cœur sur la braise.

Au petit matin, le ciel est lavé et le regard porte loin de l'autre côté de l'estuaire. Tu dors encore en chien de fusil, en tenant fort ta doudou, j'allume un nouveau feu, me prépare un café filtre que je bois à la table devant la grande fenêtre face au fleuve. La marée est au baissant. Un groupe d'eiders caquettent et mangent les minuscules crustacés dans les flaques en bas des crans.

Quand un goéland à manteau noir s'approche, les mères rassemblent leurs petits, se dressent et battent des ailes pour éloigner le prédateur. Le fleuve, le ciel et ses cumulus immaculés, l'espace franc nord, tout est en place, rien n'a changé depuis l'an dernier. La beauté est au rendez-vous. C'est moi, l'absente.

Est-ce que la respiration incessante des marées, les pierres, le grand vent, l'odeur forte du varech et des conifères, toute cette énergie sauvage de l'île va nous pénétrer et nous guérir, toi et moi ? Je ne sais pas. Je soupçonne que les autres humains, pour l'instant, ne peuvent nous aider vraiment. Je mise sur l'île, sur sa vibration, et je ne lâcherai pas ta main de jeune meurtrière, même si je ne sais pas comment nous allons revenir à notre humanité. Ici, peut-être que tu parleras. Là-bas, c'était impossible. Trop de grillages aux fenêtres, de trousseaux de clés qui tintent, de malédictions réunies en un seul endroit.

Je sors, empoigne le sac-poubelle, marche mon sentier qui louvoie à travers la forêt jusqu'au chemin municipal, marche un kilomètre jusqu'à la gravière. Je le porte, lui, hors les murs de ma vie. Effacer la présence de l'autre, encore m'arracher un morceau de peau, oui, l'amour s'en va, certainement, à force. Je balance le sac vert dans la benne. Aucune consolation.

Cette première journée à l'île est une journée d'organisation. Je t'enseigne tout ce qui te sera utile pour les deux prochains mois. Comment rentrer du bois de chauffage dans la cabane, connecter l'eau du puits près de la remise, changer la bonbonne de butane du petit poêle de camping. Il nous faudra remplir les bidons d'eau chaque jour au puits, faire bouillir l'eau avant de la boire, ranger les produits frais dans la glacière, la descendre dans la cave de service, installer deux fauteuils de bois sur la terrasse de pierre et de tuf, tailler les rosiers sauvages, ratisser le talus pour que les grandes graminées puissent se déployer.

Tu m'aides sans protester, de la même manière que tu m'as aidée à organiser l'atelier, là-bas, au centre jeunesse. Tu apprends vite et je constate une fois de plus combien tu es vive et débrouillarde. Je t'explique que nous avons un peu d'électricité grâce au panneau solaire, mais qu'il faut la ménager, que les jours de pluie, après le coucher du soleil, il vaut mieux utiliser des chandelles pour lire ou jouer au scrabble.

— Tu joues au scrabble, Éden ? Non ? Dommage.

Dans l'après-midi, je t'invite à marcher sur le talus par un sentier bordé de graminées et de massifs de rosiers sauvages, si étroit qu'il en est presque invisible. Plus loin, je t'indique une alcôve secrète, face au fleuve, entourée sur trois côtés de jeunes sapins baumiers aux aiguilles douces. Le sol est couvert de camarine noire.

— L'espace n'est pas grand dans ma cabane, tu n'as pas de chambre à toi pour t'y réfugier si tu en as envie. J'ai une petite tente bleue dans la remise, si tu veux on pourrait la monter ici, tu y viendrais flâner à l'abri des moustiques, lire, rêver. Une cachette à toi toute seule, à la limite de mon royaume. Qu'en dis-tu ?

Tu acquiesces à ta manière, un hochement de tête de bas en haut, et j'en suis soulagée. Moi aussi j'ai besoin de moments de solitude. Je suis incapable d'être constamment en contact avec quelqu'un d'autre. C'est trop me demander.

Quelques jours passent, je ne veux pas reprendre le travail trop vite avec toi, tu as besoin d'apprivoiser le lieu, notre vie commune, alors j'essaie de t'aider à t'imprégner de la splendeur de l'île, et je nomme par leur nom et en désordre les éléments vivants qui nous entourent, églantier, épinette blanche, raisin d'ours, estuaire, iris aux pétales aigus, petit rorqual, quatre-temps, eider, busard... Je t'emmène marcher à travers ma vieille forêt chaotique, jusqu'à la zone marécageuse d'où émerge le ruisseau, là où, à l'aube, chevreuils et orignaux viennent boire en secret. Je te montre leurs traces imprimées dans la mousse.

Je te parle du grand héron qui vient parfois pêcher en bas des crans, des phoques gris rassemblés à marée basse sur l'île de pierre, au large, et qui entonnent leur chant de loups marins, un long hululement qui résonne sur l'eau et pénètre en nous à hauteur du plexus. J'ajoute que certains sur l'île trouvent leur mélopée lugubre, mais que moi, je l'ai toujours perçue comme une berceuse primitive, venue de la nuit des temps. Tu m'écoutes toujours avec attention, tu apprends, j'en suis certaine. Je t'ai vue te pencher sur une talle d'iris, scruter les fleurs aux trois pétales veinés de lignes violettes, prendre une photo.

J'ai aussi commencé à lire à voix haute, le soir avant le sommeil, un livre que j'aime et qui parcourt le territoire du Grand Nord, son histoire, son espace de pierres et de lichens, la faune qui l'habite, ses explorateurs téméraires et ses chasseurs de caribou, moi sur le futon, le dos appuyé sur deux oreillers, sous la lampe de chevet, toi glissée dans ton sac de couchage. Je crois que le son de ma voix te rassure dans l'obscurité. Je me doute que ta mère n'avait ni le temps ni l'énergie de te lire des histoires pour t'endormir quand tu étais petite. Tu n'as jamais eu de parents protecteurs, ce grand malheur vient de là, de l'absence d'une personne calme qui se serait penchée vers toi, t'aurait caressé la joue, tenu la main lorsque les monstres grouillaient sous le lit.

Tu vas tous les jours à la tente bleue nichée dans l'alcôve entourée de conifères. Tu y entres à quatre pattes, fermes la fermeture éclair de la porte moustiquaire. Tu te couches sur le dos, mains jointes sous la nuque, écoutes le chant des phoques, le clapotis des vagues, tu respires les odeurs mélangées de la gomme de sapin, des algues et des églantiers. Si tu lèves la tête, tu vois les rochers couverts de lichens orange, et plus loin le fleuve, et de l'autre côté, très loin, les montagnes gris-bleu. Les jours de pluie, tu entends la corne de brume des cargos résonner dans ton ventre. Tu vas toujours seule dans ta cachette, mais tu sais que je ne suis jamais loin et qu'ici, dans l'île, personne ne pourra te trouver et t'enfermer dans une prison pour filles délinquantes.

Ce matin, il fait chaud, je t'emmène par les crans et la grande plage jusqu'à une anse éloignée et discrète, en arc de cercle, et je t'annonce que l'anse sera notre atelier en plein air pour l'été, qu'il faut inventer à partir de ce qu'on trouve ici.

— Voyons, nous avons du bois de marée, des algues, du sable, des coquillages, des pierres, des plantes de bord de mer, quelques plumes. Si nous travaillons près de l'eau, la marée montante effacera les traces de nos constructions éphémères. Si nous nous installons plus haut, seules les grandes mers d'équinoxe viendront balayer tout ça.

Je cueille des bouts de bois blanchis par le sel, des chapelets d'algues, du gravier que je dépose sur une grande pierre plate. Un petit monticule insignifiant. Je continue ma cueillette, ajoute des coquilles de moules bleues. Je défais, je refais.

Toi, tu marches le long du rivage, soupèses quelques pierres, les rejettes. Tu t'assois sur le sable, enlèves tes sandales, laisses le mouvement des vagues te lécher les pieds. Il ne se passera rien de créateur ici aujourd'hui.

— Nous ne sommes pas très inspirées, on dirait. On marche plus loin?

Tu refuses, retournes par les crans en direction de la cabane sans m'attendre. Une fois revenue sur notre territoire, tu vas t'enfermer dans la tente bleue.

Pendant que tu somnoles et rêvasses chaque jour dans la tente bleue, j'entreprends le ménage de la remise, range les outils en désordre, pelle, râteau, hache et la tronçonneuse dont je ne sais pas me servir. Je remarque que la corde de bois de chauffage diminue rapidement, que des longueurs empilées près de la remise attendent d'être coupées en rondins. C'est lui qui sciait et fendait le bois. Je décide d'élaguer avec la sciotte les branches envahissantes de chaque côté du sentier entre la cabane et le chemin de l'île, d'en faire des tas aux abords de la forêt. Ça ne va pas. Ni le travail du bois, ni le travail que nous avions commencé à l'atelier. Il ne progresse plus. Pire, il est interrompu. Tu veux que je te protège, oui, mais tu ne veux prendre aucun risque. Parfois, j'ai envie de te secouer. Je me retiens.

Pour changer, je t'emmène à la bibliothèque de l'île où je suis bénévole chaque été. J'ai informé la responsable qu'en ce moment je sers de famille d'accueil à une jeune fille en difficulté. Il n'y aura pas de questions. Elle nous emmène dans sa camionnette jusqu'au vieux presbytère où l'on a installé la bibliothèque. On a placé les livres des enfants dans une petite chambre, autrefois celle du curé ou du vicaire, je te demande de replacer les livres sur les tablettes par catégories, les albums pour les tout-petits, les bandes dessinées, les romans par groupes d'âge, tu te mets à l'œuvre avec ta patience et ta concentration habituelles. Tu n'ouvres aucun livre. Dans une pièce attenante, je mets de côté les ouvrages périmés ou abîmés et je replace les livres pour adultes par ordre alphabétique.

Lorsque des tout-petits arrivent avec leurs parents pour se choisir des albums, tu quittes immédiatement la chambre et viens me rejoindre. Tu sembles perturbée. Je t'invite à te choisir des livres pour nos soirées solitaires, tu attrapes en vitesse le guide des oiseaux d'Amérique du Nord et sors. Par la fenêtre, je t'aperçois qui grimpes à la hâte dans la boîte du pick-up. Tu y restes planquée jusqu'à notre départ, à feuilleter le livre des oiseaux.

Temps mort. Tu crois que je suis fâchée, je le devine à ton regard méfiant, tu penses que j'ai envie de te chasser parce que tu ne veux plus jouer à mes jeux stupides. Tu veux juste te laisser bercer par la rumeur des vagues, feuilleter au hasard le livre des oiseaux, t'engourdir. Tu te demandes pourquoi je ne te laisse pas tranquille, tu penses aussi que, si je te chasse, tu devras retourner à la prison de filles. Et ça, je sais que tu ne veux pas.

Je t'invite à marcher le versant nord de l'île, te préviens que notre randonnée va prendre plusieurs heures. À marée basse, nous descendons sur les crans devant la cabane et nous bifurquons vers l'ouest. Tu me suis sans protester. C'est une journée chaude d'été, nous avons apporté des bouteilles d'eau, des fruits et des amandes dans nos sacs à dos. Une légère brume de chaleur monte du fleuve, les phoques invisibles, rassemblés au large, entament leur chant, nous alarmons des crèches d'eiders qui s'éloignent en fendant l'eau. Plus loin, des rorquals nous suivent un moment, remontant le fleuve à nos côtés. J'ai tant vibré à la vue de ce paysage, de ces anses, de ces massifs de roses au parfum capiteux. J'étais poreuse, alors, j'osais m'ouvrir. Nous marchons jusqu'à l'épuisement sous le soleil ardent. Puis nous revenons en auto-stop par le chemin municipal. Cet effort n'a servi à rien.

Un jour, il te faudra bien mettre des mots sur la catastrophe, il te faudra raconter enfin ce qui s'est passé, pleurer, crier, et que quelqu'un soit là, à tes côtés, pour recevoir ton récit. J'aimerais que ce soit moi. Je suis capable d'accueillir ton histoire, c'est le temps de la parole, ta parole à toi, Éden. L'été file, le temps file. Bientôt, au tribunal de la jeunesse, un juge écoutera les plaidoiries, décidera de ton sort. Tu risques une peine sévère. Je te veux forte lorsque le jugement tombera, comprends-tu ?

Tu viens avec moi au quai chercher des provisions que j'ai commandées par téléphone et qui sont transportées jusqu'à l'île par le traversier. Nous revenons à pied, chargées de sacs. Aucun véhicule en vue pour nous prendre en stop. La route est poussiéreuse, le soleil chauffe. Je ne sais plus quoi faire de toi, tu pèses lourd, un boulet à la cheville, un poids sur la poitrine. Ça m'alourdit, ça ronge, ça se nourrit de toi et puis ça s'en va, comme lui m'a quittée quand l'image de moi qu'il s'était inventée s'est vidée de sens.

Je t'ai obligée à me suivre jusqu'à l'anse secrète plusieurs jours de suite. Là-bas, j'ai commencé à trier des galets de toutes les teintes de rose, du rose saumon au rose très pâle, presque blanc. Quelques-uns sont striés de lignes vertes et grises, d'autres sont parsemés de petits points brillants. Je les transporte en haut de l'anse, au-delà de la ligne des eaux. Je les dépose là, en attente. De quoi ? Je l'ignore. Une fois regroupées, toutes ces pierres polies dégagent une étrange douceur. Elles ne me ressemblent pas.

Tu t'es résignée à faire comme moi, tu ramasses de minces fragments d'ardoises vertes. Tu les entasses un peu plus loin. Aujourd'hui tu as trouvé dans le sable un vieux clou rouillé et tu grattes des lignes en creux sur la plus grande de tes ardoises, à la manière d'un scribe avec son stylet. Tu n'éprouves aucun plaisir et parfois tu lèves la tête et me fixes comme si j'étais ta pire ennemie. J'ai du mal avec cette haine. Je n'avais pas besoin de ça.

Il est minuit. Tu t'es retirée dans la tente bleue avec ton sac de couchage. Tu y dors toutes les nuits maintenant, m'évites, ne t'exprimes plus, aucun geste de création. Et moi, je téléphone à Béatrice.

— Je ne peux plus continuer, Béatrice, je ne suis pas capable de l'aider, je me sens si seule, si désemparée devant la beauté que je ne ressens pas, aux prises avec des deuils qui n'en finissent pas, m'épuisent. J'avais espéré que notre duo soit secoué par l'énergie de l'île, mais rien n'advient. Elle régresse, s'isole de plus en plus. Moi aussi. Je ne dors plus.

— Un instant, Jeanne. Raconte-moi vos journées.

— Il ne se passe pas grand-chose. Chaque matin, je la traîne jusqu'à l'anse qui nous sert d'atelier.

— Et là-bas, qu'arrive-t-il ?

— Je cueille des pierres, je les transporte à l'abri des grandes marées et j'en fais des tas. Tu te rends compte ? Des tas ! Éden a trouvé des galettes d'ardoises vertes, un vieux clou de trois pouces et elle grave des lignes sinueuses dans la pierre. Elle creuse profond en repassant continuellement dans les mêmes sillons.

— Elle cherche, Jeanne. De la même façon que toi. Deux têtes de mule. Je le savais !

— Quoi ?

— Que vous vous ressemblez. Que vous êtes deux survivantes.

— Elle ne communique pas. Je le croyais, au début, mais non. Ce projet est un échec.

— Faux. Elle creuse à tes côtés. Elle n'utilise pas ce clou pour se mutiler ou t'agresser, elle l'utilise comme outil. Ses gestes accompagnent les tiens. Elle voyage avec toi sur votre bateau ancré au milieu du fleuve.

— Tu ne comprends rien, elle me déteste. Tu ne veux pas que je te la renvoie. Tu t'en débarrasses !

— Je ne peux pas l'aider, Jeanne. Toi oui.

Et elle raccroche.

Je suis restée éveillée toute la nuit. Béatrice ne veut pas entendre à quel point je vais mal. Il est cinq heures du matin, je me lève, ouvre la radio, mets l'eau à bouillir, me prépare un café et m'assois devant la grande fenêtre. La radio annonce que dans les Antilles, sur la côte de la Floride, un ouragan arrache les arbres et souffle les maisons, que les vagues monstrueuses avalent les bateaux.

Ici, le jour se lève à peine sur le fleuve, un léger brouillard enveloppe le paysage de bienveillance et je me sens tellement seule. Je ne peux pas t'aider, Éden, je suis dévastée. En me quittant, il est parti avec le meilleur de moi. Tu es muette, incapable de t'exprimer, barricadée, tu ne bouges plus, on est pareilles, on est pareilles, d'où viendra la lumière ? D'où viendra la vie ?

Je donne un coup de poing sur la table, un geste que je n'attendais pas, le café se répand, je me lève, la chaise tombe à la renverse, je sors et file sur le talus. Plus loin, la tente bleue apparaît à peine dans la brume de l'aube.

Je m'arrête sec. Tu es déjà dehors, assise par terre à quelques pas, le capuchon de ton kangourou rabattu, l'appareil photo sur tes genoux. Tu m'as entendue venir, tu tournes légèrement la tête, mets un doigt sur tes lèvres et me fais signe de m'asseoir lentement. J'obéis. Quelques secondes plus tard, deux orignaux émergent de la brume à quelques mètres devant nous, sur les crans. Ils n'ont pas de panaches, ce sont des jeunes de l'année dernière, pas encore à maturité mais déjà immenses, hauts sur pattes. Deux bêtes lumineuses des temps anciens. Ils s'arrêtent, hésitent, montent avec précaution sur le talus, broutent un peu d'herbe. Ils lèvent leur grosse tête et nous observent un instant avec curiosité, sans méfiance. Tranquilles.

Nous revoilà dans l'anse secrète un jour de soleil brûlant. Je retourne à mon ouvrage, j'ai entrepris depuis hier la fabrication d'une barque à partir de mon tas de pierres. J'ai inventé une banquette pour le navigateur solitaire, une figure de proue avec trois pierres roses constellées de mica brillant. Je termine le fond de ma chaloupe avec les plus petits de mes galets, que je dispose de chaque côté d'une colonne vertébrale de pierres.

Tu t'approches de ma chaloupe qui ne flottera jamais. Tu déposes deux longues ardoises sur le sable, une de chaque côté de ma barque. Je m'aperçois que tu as gravé sur chacune d'elles, avec précision, des motifs de plumes. De grandes ailes de pierre. Tu photographies ma barque qui ne peut que couler, tes ailes qui ne peuvent pas voler. Une envie de te frapper me soulève le cœur.

Rappelle-toi, vieille chienne, cette chaude nuit d'été d'il y a longtemps, bien avant la maison du Nord, où tu errais dans la ville à la recherche d'une bouée humaine à laquelle t'agripper alors que lui dormait dans le lit des amoureux. Tu entendais la musique et les rires sortir des fenêtres grandes ouvertes, tu enviais ces danseurs échevelés qui se trémoussaient en ombres chinoises. Tu aurais pu le quitter alors, le laisser là et t'enfuir vers une autre illusion. Si un inconnu t'avait invitée à prendre un verre, cette nuit-là, aurais-tu osé monter chez lui ? Aurais-tu dansé la vie ? Non, bien sûr que non.

La tempête tropicale s'en vient mourir dans notre région. Je suis allongée dans le noir, impossible de dormir. De vieux souvenirs me rôdent autour. Et toi, dans la tente bleue, rêves-tu à ton enfant mort? Que faisons-nous là, au nord de l'île, plus démunies que jamais, à quoi ça sert? Pourquoi ne parles-tu pas? Si tu étais ici, avec moi, enfouie dans ton sac de couchage, je te raconterais l'histoire de la petite fille pauvre.

Je ne me rappelle pas son nom. Seulement que j'étais en deuxième année au couvent, on m'avait mise à la queue de la classe parce que j'étais en retard sur les autres, et il me semble bien qu'elle était là aussi, dans les derniers bancs. Nous avons joué très peu ensemble.

Une fois, nous sommes dans la chambre d'en arrière, après l'école je suppose. Je ne sais pas pourquoi ma mère l'a laissée entrer, elle n'aimait pas que je joue avec elle, ni avec personne. Elle est pauvre, cela se voit à ses vêtements tachés, à l'odeur. Je décide du jeu avec les poupées, je l'annonce d'un ton cassant. Avec elle je ne suis pas timide, elle est pauvre, elle n'est rien. Je ne me souviens pas du tout de son visage, mais qu'elle était maigre, avait les cheveux raides et poisseux. Et là, je ne comprends pas, elle refuse de jouer à ce jeu que je viens d'inventer.

Quoi? Comment peut-elle me résister? Va-t'en d'abord, je joue plus avec toi! Je la poursuis tout le long du corridor, je suis prise d'une colère soudaine, incontrôlable, mais où est passée ma mère, personne ne voit donc que je suis enragée? Je la poursuis sur le balcon d'en avant jusqu'à l'escalier en colimaçon, je descends les premières marches sur ses talons en me tenant bien aux deux rampes, je les martèle avec les pieds, exprès pour lui faire peur. Elle dévale l'escalier à toute vitesse, en bas elle se retourne et demande, d'une voix humble : mon gilet ? Je vais le ramasser dans la chambre, son gilet, je le garroche en bas. Elle s'en va vers la deuxième avenue et plus loin encore, là où elle habite avec beaucoup de frères et sœurs que je ne connais pas. Je reste en haut des marches, tremblante de rage, maître de mon espace, je la hais.

Ensuite j'ai manqué l'école longtemps, j'ai été malade, mais ça, c'est une autre histoire, je ne l'ai plus revue. Un jour, j'apprends par ma mère que la petite fille pauvre est morte subitement, une maladie d'enfant, fulgurante. Elle était mal nourrie, dit ma mère. Une famille de pauvres, incapable de s'occuper comme il faut de ses enfants. Tout de suite j'ai pensé que si je ne l'avais pas chassée, sans compassion aucune, chassée parce qu'elle était plus faible que moi, inférieure, elle serait vivante.

Je passe devant le miroir ovale accroché au mur de la cuisine, ce miroir qui ne sert à rien sauf à vérifier que nos chevelures hirsutes sont bien hirsutes ou à appliquer uniformément une couche de crème solaire sur la peau du visage. Une ombre apparaît dans le coin de mon œil, un éclair, presque rien. C'est elle, la vieille chienne aux yeux hagards, et soudain je me frappe au visage à la volée, d'une main, de l'autre, plus rien ne m'arrête, les gifles pleuvent en cadence, ça résonne dans mon crâne. La porte s'ouvre, tu entres et vois mes joues marbrées de rouge, mes mains agitées, tu cours vers moi, tes mains écartent mes mains, tu me prends dans tes bras maigres. Me retiens avec force, une force surprenante. Tu pleures avec moi, debout.

À la barre du jour, la tempête me réveille. La salope, elle est venue jusqu'à nous. Des rafales de pluie martèlent le toit comme des poings, j'allume ma lampe de poche, le faisceau illumine un instant ton visage, toi qui dors comme si tu n'allais jamais te réveiller, absente à notre monde. Est-ce que le soleil brille dans tes rêves, Éden ? Est-ce que tes rêves travaillent à ta guérison ? Ici, la cabane tremble comme un vieux rafiot secoué par des vagues assassines.

Je me lève, m'habille, enfile mes bottes et mon imperméable, prends la lampe de poche, et je sors dans la bourrasque, longe la cabane jusqu'à la porte de la cave. Je l'ouvre. L'eau monte rapidement. Je le savais, trop de pluie trop vite, et ce vieux drain à moitié bouché. Je sors la glacière de la cave, la rentre à l'abri, marche courbée jusqu'à la remise chercher la longue tige de métal flexible. Je la traîne jusqu'au talus devant la cabane et je descends plus bas sur les crans. Une pâle lueur se lève à l'est, il est quatre heures du matin, je tombe sur la sortie du drain coincé entre deux rochers. Je passe la tige à l'intérieur, la pluie me traverse, le vent est devenu fou, les vagues rugissent et se fracassent sur les rochers derrière moi, je pousse la tige le plus loin possible, je sais ce qui se passe, de la terre est encore entrée dans le drain, a bouché le passage complètement. Si je veux que l'eau sorte de la cave, je dois le déboucher. Maintenant.

Au milieu du chaos, je pousse et tire. L'eau s'infiltre dans mes bottes, le vent me déstabilise et la pluie me cogne dessus. Débrouille-toi, vieille chienne, tire, pousse, tire-toi d'affaire ! Et puis un bouchon. La tige ne passe plus, le chemin de l'eau est bloqué. Je pousse plus fort, une pression, encore, pousse, pousse ! J'ai mal aux bras, aux épaules. Soudain, une giclée d'eau sale sort du tuyau, bondit comme un torrent à travers les crans, déboule jusqu'au fleuve.

Je me relève, dégoulinante, trempée jusqu'aux os, j'ai mal partout. Et je me mets à rire, à rire dans le vacarme et les trombes de pluie, je brandis le poing, j'ai envie de danser sur les crans.

Après la tempête, je retourne avec toi par le bord de mer jusqu'à notre anse secrète. Les crans et la grande plage sont jonchés de débris, billes de bois, branches échevelées, paquets d'algues mauves qui explosent sous nos pieds. Mais le sable de l'anse est lisse, seul un gigantesque tronc d'arbre, racines pointées vers le ciel, a été projeté au milieu du massif de rosiers sauvages. Ma barque et tes ailes de pierre sont disparues, saisies par la tempête, charroyées dans le fond du grand fleuve, roulées cul par-dessus tête.

Je ne suis pas triste, toi non plus, nous savons que nos jeux de construction sont éphémères, des châteaux de sable que la marée emporte. Peut-être aussi que nous cherchons à notre insu d'autres formes pour exprimer qui nous sommes, à quoi ressemblent nos rêves, pour poser d'autres questions face aux étoiles et aux trous noirs.

Tu m'aides à cueillir quelques nouvelles pierres roses, à les porter plus haut, ainsi nous marquons notre détermination à continuer, un autre jour, on ne sait pas quoi. Tu ramasses une petite pierre en forme de cœur, un talisman que tu glisses dans ta poche, et nous revenons sur nos pas en longeant le fleuve limpide. Notre monde est calme, aujourd'hui, le ciel cristallin, et je ne ressens plus ni colère ni impuissance, je deviens à nouveau celle qui ne lâchera pas ta main, qui ne te forcera pas à parler, ni à te soumettre, ni à jouer un jeu qui n'est pas le tien.

Un homme de l'île est venu avec une pelle et un pic, a éventré le sol sur le talus devant la cabane, creusé jusqu'au drain enfoui profondément dans la terre et le tuf mélangés. Ensuite il a creusé une tranchée en suivant le parcours du drain de plastique troué, lançant à bout de bras des pelletées de gravats. À tous les six pieds, il coupait une section, en examinait l'intérieur bouché par un mélange de boue et de radicelles. Il continuait, en sueur, en maugréant.

À la fin, il m'a conseillé d'acheter un drain recouvert de géotextile et des embouts de plastique. Je devais aussi me procurer du gravier, beaucoup de gravier, pour l'étendre dessous et dessus le nouveau drain avant de remblayer. Il a ajouté qu'il reviendrait terminer le travail lorsque j'aurais trouvé les matériaux.

Je regarde avec toi le désastre, les épilobes, les graminées, les campanules et les iris arrachés, le sol chamboulé, les tas de gravats, le trou béant. J'ai envie de refermer vite la blessure, de remettre terre, tuf et sable à leur place. Les végétaux ne repousseront que l'an prochain, effaçant la vilaine cicatrice.

Hier soir, au couchant, pas très loin de notre territoire, nous avons découvert un jeune phoque à
capuchon couché sur les crans. L'eau s'était retirée très loin, c'est la période des grandes marées, le
pauvre égaré n'a plus l'énergie de se traîner sur le
ventre pour rejoindre le fleuve. Tu t'approches de lui,
il meugle d'effroi, ne bouge pas. Tu cours jusqu'à la
cabane, reviens le plus vite que tu peux avec un seau
d'eau, verse un peu d'eau délicatement sur le dos du
jeune phoque, il crie, je te conseille de t'éloigner, le
stress l'épuise, mais tu ne veux pas l'abandonner, tu
veux le secourir, le fleuve n'est pas si loin, tu pleures,
tu dois absolument le sauver. Recule-toi, dis-je, il faut
le laisser seul. Tu t'éloignes à reculons, le supplies des
yeux. Bouge, rampe, ne meurs pas, ne meurs pas, ne
meurs pas. À la nuit tombée, nous sommes rentrées.
Ce matin, à l'aube, il avait disparu.

Avec ma plus proche voisine, nous roulons sur le chemin municipal dans son vieux pick-up rouillé, descendons par des chemins de traverse caillouteux à travers
les champs et la forêt de conifères jusqu'à la grande
plage, armées toutes les trois de seaux, de pelles, de
gants de travail et d'une grande bouteille d'eau.

Sous un soleil de plomb, nous remplissons les
seaux de gravois de grève, les transportons en haut de
la plage, j'ai du mal à vous suivre, mon amie et toi,
si ardentes et vigoureuses. Nous faisons plusieurs

allers-retours avec nos seaux, vidons le contenu dans la boîte de la camionnette.

Avant de repartir avec notre chargement, nous enlevons nos bottes et pataugeons dans l'eau glacée qui nous mord les chevilles en buvant de grandes rasades d'eau à même la bouteille de plastique. Au retour, la camionnette peine sous le poids du gravier, la vieille carcasse vibre, et ma voisine me demande comment se passe mon été. Je lui réponds que c'est dur pour une femme seule sur l'île, certains travaux exigent une grande force physique, la main-d'œuvre est rare et coûteuse. Je lui avoue que je n'ai presque plus de bois à brûler, que je dois ramoner la cheminée. Je ne sais pas à qui demander de l'aide.

Nous déchargeons le gravois de grève dans l'entrée de mon sentier. Ma voisine me dit qu'une longueur de drain agricole et des embouts de plastique traînent dans sa remise, qu'elle n'en a pas besoin. Elle passera les déposer demain matin.

En fin d'avant-midi, je me suis armée de courage et j'ai chargé la brouette à ras bord de gravier, empoigné les deux manches et me suis mise en route vers la cabane. Tu me suivais avec une longueur de drain roulé. J'ai voulu aller trop vite et, dans une courbe, juste avant une montée, alors que je me donnais un élan, la brouette a buté sur une de ces grosses racines qui traversent le sentier, est revenue avec violence contre moi, j'ai perdu l'équilibre et suis tombée sur le dos, me suis cogné la tête. J'ai entendu une voix crier mon nom. Jeanne ! Jeanne !

J'ai repris mes esprits, mon crâne élançait, je me suis assise lentement, en me tenant la tête à deux mains, la brouette était couchée sur le côté, son chargement de gravier éparpillé sur le sol. Tu te tenais debout devant moi, tétanisée. J'ai marmonné que je n'avais rien, je ne le ferais plus, c'était trop idiot.

Ensuite je suis allée m'étendre sur le futon dans la cabane, le crâne douloureux. Je me suis endormie. Tu as pris la brouette, es retournée au chemin, l'as chargée de gravier. En revenant, juste avant la courbe, tu as accéléré au pas de course, poussé de toutes tes forces, et tu as réussi à passer par-dessus la racine. Tu es plus forte que moi, tu en es fière, je l'ai vu à ton port de tête quand tu es revenue en fin de journée. J'ai rêvé ou c'est toi, Éden, qui as crié mon nom ?

Tu dors chaque nuit dans la cabane depuis que je me suis frappé la tête et que tu as eu si peur. Tôt ce matin, après m'avoir préparé un café filtre, tu attrapes l'appareil photo et sors sur le talus, bifurques vers l'est. À la lumière rasante, tu photographies les toiles d'araignées filées pendant la nuit, maintenant recouvertes de rosée scintillante, suspendues entre les hautes herbes.

Je sors à mon tour, ma tasse à la main, vais m'asseoir sur la terrasse en haut des crans. À mes pieds, les vagues tranquilles viennent mourir sur les rochers. Je prends une première gorgée de café fumant, le soleil levant me caresse le dos et la nuque à la manière d'une main amie, quelques phoques gris entament leur mélopée, je ferme les yeux.

Je le revois, lui, debout au milieu de la vieille forêt, il s'apprête à couper un grand sapin roussi qui servira de bois de chauffage l'année prochaine. Moi, un peu en retrait, j'attends. Après la coupe, je ramasserai les branches et en ferai un tas à brûler. Je corderai les rondins pour qu'ils continuent de sécher pendant l'hiver. Mais d'abord il taille une encoche sur un côté du tronc, c'est de ce côté-là que je veux voir tomber l'arbre, pour protéger l'épinette bien droite, à gauche. Il se retourne, vérifie que je me tiens à bonne distance. Je le trouve beau, l'homme debout au milieu de la sombre forêt. Il entame l'autre côté du tronc, la lame de la tronçonneuse s'enfonce, des copeaux jaillissent, il pousse sur le tronc pour diriger l'angle de la chute, l'arbre commence à fléchir, les fibres du bois claquent, le vieux sapin s'abat d'un coup dans un vacarme de branches cassées. La lumière fuse, une clairière apparaît. La vieille forêt se meurt, une jeune forêt prend vie. Alléluia.

Pendant tout ce temps que je croyais perdu, ton attention était dirigée dehors, à la manière d'un chasseur à l'affût. Alors que moi, je te percevais immobile, plongée dans un sommeil de mort, toi, tu te consacrais à t'imprégner de toutes ces merveilles que tu n'avais jamais vues en vrai, tu apprenais à détecter la beauté, à la fixer sous forme d'images, tu essayais de toutes tes forces de sortir des ténèbres. C'est moi qui agonisais. Pas toi.

Et maintenant, tu fais glisser tes images sur l'écran de l'ordinateur pour que je regarde le monde tel que tu l'as observé, depuis l'élyme des sables aux rhizomes puissants jusqu'aux pousses tendres au bout des branches d'épinette, au lièvre surpris à grignoter des bleuets, aux stratus roses du couchant et moi, de dos, regardant la fin du monde.

Ce soir, alors que nous sommes toutes les deux allongées dans nos sacs de couchage, au lieu de lire à haute voix, j'éteins la lampe. J'ai décidé de te parler de moi dans l'obscurité, de te raconter une histoire d'il y a longtemps, quand j'étais une jeune femme et que je suis tombée enceinte.

Au début, je voulais le bébé. Mais l'homme de qui j'étais tombée follement amoureuse, et que je connaissais à peine, hésitait. Le temps passait. Quand il m'a finalement annoncé qu'il ne voulait pas être un père pour cet enfant à naître, j'ai compris que je n'y arriverais pas toute seule, que je n'avais pas ce courage-là. J'ai décidé d'avorter. À cette époque, dans ce pays, avorter était un crime. L'homme m'a payé l'avion et

les frais que demandait la clinique, et je suis allée là
où on ne punissait pas les femmes parce qu'elles refu-
saient de mener leur grossesse à terme. Je me rappelle
que là-bas le médecin avait dit que ma grossesse était
avancée, que c'était limite pour un avortement mais
que oui, c'était encore possible. Le lendemain matin,
l'intervention a eu lieu, puis j'ai repris l'avion dans
l'autre sens, le ventre vide et douloureux. Quelques
mois plus tard, cet homme et moi avons rompu.

Il n'y a pas beaucoup de différence entre mon histoire et la tienne, Éden, quelques mois à peine.

Sur le talus, les verges d'or déclinent, les graminées
prennent leur couleur dorée et, dans la forêt, les tiges
des fougères fatiguées s'affaissent, quelques feuilles
de bouleau ponctuent le sol de jaune fané. La lumière
faiblit tôt en soirée, nous mangeons et jouons au
scrabble à la chandelle.

Ce matin, nous sommes allées au quai chercher
notre commande d'épicerie. En revenant à pied sur
le chemin de l'île, nos sacs à dos remplis, un sac de
provisions dans chaque main, nous avons vu que
l'amélanchier qui pousse près de l'entrée de mon sentier débordait de petits fruits violets. Sur les branches
hautes, des jaseurs des cèdres se régalaient. On s'est
arrêtées pour en manger quelques-uns, j'aime leur goût
doux-amer, et toi pas trop, tu grimaçais en crachant les
noyaux. J'allais te proposer de faire des confitures, un

peu de sucre enlèvera l'amertume, quand un pick-up est arrivé à notre hauteur, l'homme de l'île au volant.

Il avait un peu de temps libre, nous a aidées à transporter nos paquets jusqu'à la cabane et s'est mis tout de suite au travail. Il a d'abord corrigé l'angle de la pente, puis tu l'as aidé à étendre une couche de gravier tout le long de la tranchée. Il a réuni les bouts de drain et tous les trois nous nous sommes penchés sur le trou pour examiner le travail une dernière fois avant de remblayer. Tu as pelleté avec lui le restant du gravier, puis la terre et le tuf. J'ai remercié et payé l'homme. Après son départ, tu as égalisé et ratissé le sol avec le râteau aux dents de métal. En fin d'après-midi, nous sommes retournées au chemin avec un contenant de plastique pour cueillir d'autres amélanches.

À l'étale, nous marchons jusqu'à la pointe est de l'île. Nous nous assoyons côte à côte sur les derniers rochers face à l'estuaire qui s'élargit et se perd à l'infini, à ressentir la puissance du fleuve, à écouter sa respiration, quand une brume de mer se forme, là-bas, au large. Elle s'avance avec lenteur vers nous deux en roulant à la surface de l'eau, nous frôle, puis nous enveloppe, se répand derrière nous à la grandeur de l'île.

Le monde que nous connaissons s'efface dans le brouillard, la vapeur d'eau diffracte la lumière, les gouttelettes suspendues perlent et se disloquent sur notre peau. Nous ne voyons plus rien, sauf une faible lueur. Les sons forcissent et pénètrent en nous, un lointain moteur de cargo bat au rythme de son cœur de métal, un appel d'oiseau nous perfore l'oreille, nous sommes perdues, étourdies, le fleuve nous aspire. Nous touchons un autre monde, nous pourrions glisser dans l'eau et disparaître, devenir poissons, baleines, épaves englouties.

Il ne bougeait pas, dis-tu, ta voix à peine audible, écorchée.

Je l'ai pris, j'ai couru dans la nuit jusqu'au parc.

Je l'ai déposé par terre.

Je me suis sauvée. J'ai marché loin. Quelqu'un m'a trouvée, m'a emmenée à l'hôpital. Je saignais.

Le bébé est mort parce que je l'ai laissé tout seul dans la nuit et le froid.

Tu as besoin de repos, de tendresse, de pardon. Tu ne te rappelles pas les premiers gestes que tu as faits entre la naissance et l'abandon. Tout s'est passé très vite, n'est-ce pas? Tu étais dans la chambre de la marmaille? As-tu crié? Je ne crois pas. Ta mère et l'homme ivre dormaient dans leur chambre, tu ne voulais pas les réveiller. As-tu coupé le cordon avec tes dents? avec les ciseaux? As-tu senti sa respiration? Tu t'es levée, chancelante, et tu es partie dans la nuit avec le bébé. Tu l'as laissé là, sur la neige. Il ne respirait pas, as-tu dit aux policiers plus tard, mort-né, peut-être. Mais l'autopsie a révélé qu'il était prématuré et viable.

Tu n'as pas pensé à le glisser à l'intérieur de ton chandail, contre ton cœur. Non. Tu l'as laissé sur la neige. Tu n'étais plus vivante, comment tu aurais pu protéger la vie ? ressentir le vivant ?

Je mets la doudou sur tes épaules, je fais du feu. Je prépare de la soupe aux légumes. J'ai peur que tu sois retournée dans le silence pour de bon cette fois. Je ne te touche pas. Je veille.

Le temps est aboli. On ne sait plus quel jour on est, quelle année-lumière. Tu te recroquevilles, petit animal sauvage au fond de son terrier. Tu serres dans ta main le talisman en forme de cœur. Mais tu vas aller mieux, je te le promets. Nos histoires de gouffres et de toundras se croisent, se frôlent, s'éloignent et reviennent ensemble comme de grandes vagues de fond qui apparaissent après une tempête de nordet et qu'on appelle ici, à l'île, la souelle.

Le plus important, c'est que le crime que tu as commis ne m'effraie pas. Mon regard sur toi est limpide, je ne garde pas de pierres à lapider au fond de mes poches. Je veille sur toi, petite fille meurtrie. Tu m'entends ?

Un jour, tu te remets à parler. Tu commences à me raconter ton histoire. Elle sort de toi comme un ruisseau en crue, dans le désordre, la marmaille, la mère, la quêteuse, Jay, ton chemin obscur et plein d'embûches, ta haine pour toi-même depuis l'enfant mort. Ça dure plusieurs jours. Je t'écoute, Éden. Je connais maintenant les personnages de ton histoire, l'ampleur de ta détresse, le silence dans lequel tu vivais depuis le début. J'écoute. Parfois, quand ta parole trébuche, se bloque dans la gorge comme un embâcle, je prends doucement ta main dans la mienne et tu l'abandonnes là, dans ma paume, un jeune oiseau aux ailes trop courtes.

Nous marchons dans la nuit sur le chemin de l'île avec nos lampes de poche. L'air est doux, l'été ne veut pas mourir. Tu me parles un peu de ta mère qui s'occupe exclusivement de nourrir la marmaille, tu ne ressens pas d'amour pour elle. Je te dis que d'après moi elle a fait tout son possible. À votre naissance, elle vous a donné des prénoms remplis de promesses, à chacun de vous, ses enfants. Mais elle n'est plus capable de tendresse, la vie a été trop dure, elle a perdu espoir. Tu répètes que tu ne ressens rien pour elle.

Tu me parles aussi de Fleur, de ta peur qu'elle ne te pardonne pas l'abandon du bébé. Tu n'as aucune nouvelle d'elle, tu ne sais pas où elle habite. Quand ta mère est venue te voir au centre jeunesse, elle t'a apporté des tablettes de chocolat, elle pleurait, et tu lui as demandé si Fleur savait pour toi et le bébé, elle a dit que non. Elle n'est jamais revenue. Fleur te manque tellement.

Des lueurs apparaissent dans le champ du voisin. Des lucioles, dis-je. Nous éteignons nos lampes et regardons le ballet des lucioles dans la nuit. Elles clignotent au bout du champ, à l'orée de ma forêt. Fleur aimerait leur danse, dis-tu. Fleur danserait avec elles. Oui, je sais. Fleur était une lueur dans ta nuit.

Nous parlons ensemble en marchant, ou assises dans les fauteuils de bois, ou sur les crans, nous parlons en préparant les repas, et la nuit, parfois, à la lueur des flammes orangées du petit poêle à bois, chacune lovée dans son sac de couchage. Nous sommes deux dans la parole maintenant. Nous sommes deux pour essayer de comprendre, avancer à tâtons dans ton histoire.

— Si tu avais eu quelqu'un près de toi lorsque tu as accouché, une personne qui aurait pris soin de toi et accueilli le bébé, si cette personne avait déposé le bébé sur ton ventre, si elle t'avait dit regarde comme il est beau, si tu n'avais pas été si seule, perdue, affolée, ton enfant serait vivant.

— Je n'aurais pas été capable de m'occuper d'un bébé, dis-tu, et ta voix se rompt.

Peut-être que tu l'aurais donné à une famille d'adoption. Peut-être que tu aurais voulu le garder. On ne peut pas savoir, parce que ça s'est mal passé. Ce n'est pas uniquement de ta faute, tu comprends ?

— Mais le juge a dit…

— Le juge représente la loi. Tu as commis un acte interdit, c'est vrai. Un juge tranche et condamne ce geste. Mais moi, je ne suis pas un juge, mon travail ne consiste pas à décider quelles sont les limites à ne pas franchir, qu'est-ce qu'on a le droit de faire et qu'est-ce qui est interdit. Je suis juste une vieille femme qui a un chagrin d'amour. Et de mon point de vue, si tu es coupable, nous le sommes tous avec toi.

— Je n'ai pas eu de chagrin d'amour, moi.

— Tu n'as pas eu le temps de l'aimer. Ça prend du temps pour aimer une personne.

— Toi, tu as eu le temps ?

— Oh oui.

— Et pour aimer son bébé ?

— Ça dépend. Pour chaque mère, c'est différent.

— Mais on voit ces images, à la télé, une mère accouche, on lui met le bébé sur le ventre, elle sourit et pleure en même temps, elle caresse les petits doigts, ses seins gonflent, son amour aussi.

— Cette mère-là savait que son bébé grandissait dans son ventre. Elle l'attendait et l'aimait déjà. Elle avait un compagnon près d'elle qui désirait lui aussi avoir un enfant. Elle n'était pas seule lorsque le bébé est arrivé. Ton histoire est tellement différente.

— Mais j'ai tué mon bébé.

— Tu l'as abandonné, oui. C'est vrai.

Ça fait plusieurs jours qu'il ne pleut pas, le bois est bien sec et le mari de ma voisine en profite pour venir par le sentier jusqu'à la remise avec une fendeuse portative accrochée à son VTT. Avec la tronçonneuse, il coupe les longueurs de bois de l'an dernier en rondins de quatorze pouces.

Il installe la petite fendeuse rouge vif près du tas de rondins et nous tend des lunettes de protection. Nous enfilons nos gants de travail. Il nous demande de nous placer de part et d'autre de la fendeuse et à moi de lui tendre un rondin qu'il installe sur la plateforme, bien au milieu. Il actionne le bouton de démarrage et maintient le morceau de bois en place pendant que la plaque de métal avance vers le couteau. Il nous dit de reculer légèrement quand le rondin s'écarte en deux sous la pression, que les deux morceaux tombent sur le sol. Tu ramasses les deux bûches fendues et tu les lances un peu plus loin.

Nous recommençons. Je choisis un autre rondin et le dépose sur la plateforme étroite. Le fendeur le centre avec soin, le maintient en place d'une main et active la machine de l'autre. Tu recueilles les deux morceaux fendus et les lances sur le tas pendant que j'attrape un nouveau rondin.

Nous n'arrêtons plus et bientôt le travail ressemble à une danse, se pencher, prendre, déposer, maintenir, le bois éclate, l'odeur forte de résineux se répand, attraper, lancer. Les gestes cadencés, le plaisir de bouger de concert dans le même rythme mènent à la joie et le tas de bûches fendues monte à mesure que le tas de rondins descend.

Après le départ du voisin, nous rentrons les provisions de bois sec à l'abri dans la remise. En cordant les bûches contre le mur du fond, je t'annonce que je vais chercher un appartement dans ton quartier.

— Dans mon quartier? Il est pas beau, mon quartier.

— Il me va bien à moi.

Tu me souris. Puis frissonnes et rabats ton capuchon.

— J'ai peur.

— Je suis là, Éden.

Je referme la porte à battant de la remise, nous rentrons à la cabane, j'allume un feu et tu commences à peler les légumes. Le soir tombe doucement.

Je suis retournée seule à l'anse secrète, j'ai soupesé quelques-unes de mes pierres roses, j'ai suivi du doigt leurs motifs et leurs strates usées par les marées, par le temps d'avant nous, les humains. J'ai caressé longuement leur surface lisse. Je les ai remises avec les autres et je suis restée un moment debout, à laisser mon regard errer sur le fleuve et les crans qui referment l'anse sur deux côtés. Une anfractuosité a attiré mon attention.

J'ai marché vers cette faille entre deux masses d'ardoises vertes. Un mot a traversé mon esprit, le mot niche, et je suis retournée vers le tas de pierres roses, j'en ai pris quelques-unes. Je suis revenue vers les crans et je les ai déposées dans ce creux. Je suis retournée en ramasser d'autres.

Mes mains savaient quoi faire, d'abord hésitantes, puis de plus en plus assurées. Mes mains aimaient les pierres roses. Elles avaient compris que cet interstice entre deux masses d'ardoises stratifiées était un abri, un nid pour se blottir et que les ardoises avançaient des deux côtés comme des bras puissants. J'ai apporté toutes les pierres lisses et rondes, deux ou trois à la fois, et les toutes petites dans mes poches. Elles se sont placées sans effort, elles se sont abandonnées là, alanguies, au creux des bras ouverts.

— Jeanne, tu veux bien être ma grand-mère?
— Je le suis déjà.
— Tu seras toujours là pour moi?
— Tant que je vivrai.

Je te transmets le peu que je connais, une certaine vision de cette vie, un amour de la beauté. Je n'ai pas assez de sagesse pour te transmettre la sagesse. Ni assez de joie, ni assez d'espoir. Tu devras trouver quelqu'un d'autre pour ça. Dans les moments difficiles, je ne te parlerai pas de ma désespérance mais de la vie vivante et du pas gagné. Quand le temps sera venu, j'espère que j'aurai le courage de te pousser doucement hors du nid précaire que j'ai inventé pour toi, pour nous deux, et que tu voleras haut et loin avec des ailes de plumes et d'os creux.

Tu quittes l'île demain matin, par la première traversée. Béatrice viendra te chercher au quai de l'autre côté. Tu retournes au centre jeunesse, tu vas bientôt revoir le juge et recevoir ta sentence. J'ai décidé de rester quelques jours de plus, seule. Je t'ai donné définitivement mon appareil photo.

À la fin du jour, à marée basse, un grand oiseau aux ailes frangées, au cou replié comme un S, vient atterrir au bas des crans, juste devant nous deux, assises dans les fauteuils de bois. Avec les jumelles, tu observes l'oiseau gris-bleu, au long bec pointu, qui descend, tend ses longues pattes, déplie le cou, freine avec ses larges ailes et se pose délicatement au milieu des algues et des flaques.

— Le grand héron est enfin venu, dis-je.

Tu déposes les jumelles sur tes genoux, te tournes vers moi.

— Jeanne, je veux retrouver ma petite sœur. Tu m'aideras ?

Depuis le départ d'Éden, le voisin est revenu, cette fois avec une échelle. Il a grimpé sur le toit, ramoné la cheminée en passant la brosse dure à l'intérieur du tuyau de métal, raclé les dépôts de créosote. Jeanne a ramassé la suie noire et grasse avec ses gants de travail.

Le froid d'automne s'installe sur l'île. Elle fait du feu chaque soir et chaque matin dans le poêle de fonte, dépose avec soin les bûches le cœur sur la braise et, la nuit, elle dort avec d'épaisses chaussettes de laine aux pieds. Elle a marché la plage déserte. Elle a revu les frères orignaux courir dans l'anse à marée basse et un renard roux trottiner sur les crans, un mulot dans la gueule. Les oiseaux de rivage sont déjà partis. Le busard plane tous les matins au ras du talus, en quête de proies. Elle a appris que la maison du Nord est sur le point d'être vendue, enfin.

Ce matin, Jeanne a bouclé sa valise de nomade, l'a déposée près de la porte avec son sac à dos. Elle est allée répandre les dernières cendres au pied des églantiers. Elle boit un dernier café assise à la table devant la grande fenêtre.

Elle se dit que cette béance a toujours été là en elle, que la rupture l'a ramenée au premier plan, tout simplement, que les derniers mois de vie commune, elle s'accrochait à lui pour ne pas ressentir le vertige, que lui était déjà loin, si loin, qu'elle pivotait lentement vers le grand vide qui autrefois avait tant effrayé l'enfant esseulée. Maintenant, des mois plus tard, cette souffrance est de moins en moins une histoire d'amour qui a mal fini, mais plutôt le retour à sa vérité, aux premières sensations, à ses premières images de notre monde. Qui est là, dans le noir ? Qui va la protéger ? Personne.

Elle soupçonne que peut-être, que sûrement il avait senti qu'il lui servait de rempart contre les mauvais sorts, et qu'il ne voulait plus. Il voulait s'enfuir loin du précipice qu'il devinait derrière elle comme une présence malfaisante, femme au bord du gouffre, femme au bord du trou. Elle n'illuminait plus sa vie.

Elle sait maintenant qu'elle gardera en elle, même si elle ne le souhaite pas, le souvenir de sa main dans la sienne, signe de la confiance inquiète qu'elle lui portait alors. Elle se dit qu'il avait gardé son quant-à-soi et qu'elle avait oublié de faire de même, qu'il est temps de couper le dernier fil qui la relie à lui, de s'alléger de toute amertume et de le rendre à son propre néant.

il n'y avait plus rien à aimer en moi
tu désirais une vie neuve et sans ombres
sois heureux, maître de ton destin
nous ne serons pas amis

Elle reste un moment encore, à contempler les crans, le fleuve-mer, l'espace à couper le souffle, le couloir de vie, franc nord, qu'empruntent les oies blanches chaque printemps, en criant leur joie.

Elle n'a pas réussi à ressentir la vibrante beauté de l'île. Elle s'en est approchée plusieurs fois, mais non. L'enchantement a disparu. Peut-être que c'est terminé à jamais, ces instants de totale plénitude, quand tous les morceaux du grand puzzle s'unissent, passé, présent, futur confondus, et elle au milieu de ce mystère, éblouie. Elle n'en sait rien. Elle ne sait même pas si elle reviendra à l'île. Elle ne sait plus rien du tout. Elle renonce.

Et pourtant, Éden a quitté son *no man's land*, elle avance en tremblant, sa bougie vacillante à la main. Peut-être se rendra-t-elle jusqu'à cet espace hasardeux où les hommes et les femmes choisissent de s'aimer.

REMERCIEMENTS

Je remercie

Brigitte, sans qui ce roman ne serait pas advenu,

Bianca, Christiane et Hélène, pour leur lecture attentive,

Robert, pour le grand héron,

Normand, pour le passage à gué,

Et le Conseil des arts du Canada, pour m'avoir permis de donner du temps à l'écriture.

CHARLOTTE GINGRAS

───

Au début d'un projet d'écriture, je lance à l'aveuglette toutes sortes de fragments disparates, qui parfois se fracassent les uns sur les autres et parfois se répondent. Pour *No man's land*, j'ai repêché un fait divers, lu il y a plusieurs années et qui m'avait bouleversée, le souvenir ancien d'une rupture amoureuse éprouvante, mais aussi l'histoire vraie d'une enfant sauvage que je traînais dans mes tiroirs depuis je ne sais quand.

Et puis je mets à contribution le grand fleuve et les arbres, mon amour de la photographie, des bibliothèques et des animaux familiers, le froid, la solitude, les sentiers forestiers, des esquisses de personnages capables de m'émouvoir, des mots qui sonnent juste. Quand un certain nombre d'éléments sans liens apparents se mettent en branle et marchent en se chamaillant vers une destination inconnue, j'ai espoir que ça devienne un roman...

ROBERT DESROSIERS

———

Réalisateur, photographe et formateur en audiovisuel, Robert Desrosiers est né à Montréal.

Il a travaillé comme réalisateur et metteur en scène à Télé-Québec et poursuit aujourd'hui sa carrière comme cinéaste indépendant et photographe. Il accompagne de nombreux artistes dans leur parcours et se spécialise dans les vidéos d'art.

Une profonde implication sociale dans la communauté des insulaires de l'Île Verte a donné naissance à une série documentaire de huit DVD, traitant de plus de vingt-cinq sujets à caractère ethnographique, sur l'Île Verte et le Bas-du-Fleuve.

Très inspiré par le Saint-Laurent, il a récemment participé à une exposition de diptyques photos-dessins intitulée *Sur la plage*.

Il en est à sa troisième collaboration avec Charlotte Gingras, à titre de photographe.

http://vimeo.com/user9958614/videos